지은이 **조르조 바사니**

1916년 3월 4일 이탈리아 볼로냐에서 태어난다. 부유한 유대인 집안 출신으로, 유년기와 청년기를 페라라에서 보낸다. 1934년 볼로냐 대학교 문학부에 입학해 미술사가 로베르토 론기에게서 수학한다. 대표적인 반파시즘 지식인 베네데토 크로체의 글에 심취해 있던 대학 시절, 페라라의 일간지 『코리에레 파다노』를 통해 작품을 발표하기 시작한다. 1938년 반유대주의적 인종법이 선포될 무렵부터 반파시즘 활동에 참여하다 1943년 체포되어 구금된다. 무솔리니가 실각하면서 풀려난 뒤 로마에 정착한다. 이차대전 후에는 본격적으로 작품 활동을 해나가는 동시에, 당대를 풍미한 문예지 『보테게 오스쿠레』 『파라고네』, 그리고 펠트리넬리 출판사의 편집장으로서 뛰어난 역량을 발휘한다.

바사니 문학의 원천은 '페라라'와 '유대인'이다. 작품 대부분이 무솔리니의 파시스트당 집권기를 전후한 페라라가 무대다. 혹독한 시대 상황을 배경으로 부르주아 의식의 혼란상을 파헤치는 예리한 묘사, 영화적·회화적 장면 구성, 증언담에 가까운 독특한 반직접화법, 역사와 집단으로부터 모욕당한 개인의 의식을 포착해낸 서정적인 문체로 페라라의 역사와 일상을 정치하게 그려내어, 페라라 유대인 공동체의 증인이자 '기억의 작가'로 불리며 20세기 이탈리아 문학의 대표 작가가 된다.

바사니 문학의 결정판은 일명 '페라라 소설 연작'으로 불리는 작품들의 모음집인 『페라라 소설』(1980)이다. 이전에 따로 출판했던 여섯 권의 책—『성벽 안에서』(1956, 스트레가 상), 『금테 안경』(1958), 『핀치콘티니가의 정원』(1962, 비아레조 상), 『문 뒤에서』(1964), 『왜가리』(1968, 캄피엘로 상), 『건초 냄새』(1972)—을 한데 모아 펴낸 것으로, 무대는 같으나 스포트라이트가 여러 인물에게 돌아가며 비춰지는 각각의 이야기들은 파시즘 치하의 페라라가 지닌 역사적 면면을 거울놀이하듯 눈부시게 비춘다. 이 가운데 단편 「1943년 어느 날 밤」과 『금테 안경』 『핀치콘티니가의 정원』은 모두 영화로도 만들어진다. 소설 외에도 다수의 시집을 출간한 바사니는 1982년 『운율 있는 시와 없는 시』로 바구타 상을 수상한다. 2000년 4월 로마에서 생을 마치고 페라라의 유대인 묘지에 안장된다.

문
뒤
에
서

DIETRO LA PORTA
by Giorgio Bassani

Korean translation rights by arrangement with
The Wylie Agency(UK) LTD.

이 도서의 국립중앙도서관 출판예정도서목록(CIP)은 서지정보유통지원시스템 홈페이지
(http://seoji.nl.go.kr)와 국가자료공동목록시스템(http://www.nl.go.kr/kolisnet)에서
이용하실 수 있습니다. (CIP제어번호: CIP2018011078)

문
뒤
에
서

조르조 바사니 선집 4
김운찬 옮김

Dietro la porta
Giorgio Bassani

문학동네

일러두기

1. 이 책은 다음의 원서를 옮겼다.

　Giorgio Bassani, *Dietro la porta*, Milano: Feltrinelli, 2013.

2. 원문에서 이탤릭체나 라틴어로 강조한 곳은 여기서 고딕체로 표시했고, 문장 내에서 누군가의 말을 인용한 경우 작은따옴표로 표시했다.

3. 단행본이나 신문은 『 』로, 시나 글을 가리킬 때는 「 」로, 그림이나 노래 등은 〈 〉로 표시했다.

차 례

문 뒤에서 007

1

나는 인생에서 여러 번 불행했다. 아이였을 때, 소년이었을 때, 젊은이였을 때, 어른이 되어서도. 돌아보면 여러 번 이른 바 절망의 바닥에 다다랐다. 하지만 나에게 유독 암울하던 시기는 1929년 10월에서 1930년 6월 사이, 고등학교 일학년이던 몇 달로 기억한다. 그후 흐른 세월은 결국 아무 소용이 없었다. 남몰래 피흘리던, 온전히 비밀한 상처로 남은 그 아픔을 세월이 치유해줄 수는 없었던 것이다. 치유된다고? 거기에서 벗어난다고? 그게 가능할지 모르겠다.

처음부터 당혹스럽고 너무나 불편했다. 학생들을 몰아넣은 교실부터 마음에 들지 않았다. 교실은 음산한 복도의 끝에 있었다. 하급 세 학년, 상급 두 학년으로 이뤄진, 열세 개의 교실 문이 나 있던 중학교*의 즐겁고 친숙한 복도와는 한참 거리가 멀었다. 새로운 선생님들도 마음에 들지 않았다. 냉담하고 빈

정거리는 태도는 개인적인 기질에 대한 어떤 배려나 일말의 신뢰도 기대하지 못하게 만들었는데(다들 우리에게 존칭을 썼다!), 모두가 그리스어와 라틴어 담당 구초 선생님이나 화학과 자연과학 담당 크라우스 선생님처럼 이제 곧 감옥같이 엄격하고 냉혹한 체제가 열리리라고 암시하는 것은 아닌데도 그랬다. 새로운 반 아이들도 마음에 들지 않았다. 반은 중학교 오학년 A반 출신에 우리 B반이 합쳐진 것이었다. 적어도 내 눈에는, 그애들은 우리와 전혀 달랐고, 아마 더 뛰어나고 멋지며, 대개 우리보다 더 좋은 집안에 속한 것 같았다. 한마디로, 더할 수 없이 이질적이었다. 그리고 그와 관련해 나는 우리 중 많은 애들의 행동을 이해할 수도 옹호할 수도 없었는데, 그애들은 나와 달리 곧바로 그들과 한패가 되려고 노력했고, 그 보상으로 똑같이 수월한 적응력과 똑같은 호감을 얻었고, 나는 낙담해서 지켜봤다. '어떻게 그럴 수 있지?' 실망과 질투 속에 나는 자문했다. '어떻게 그러지?' 학교에 간 첫날, 오학년 때 문학 선생님이던 내가 좋아하는 멜돌레시 선생님이 새로 맡은 사학년 반을 이끌며 중학교 복도로 (이제 더이상 발을 들여놓지 못하는 금지된 복도를 향해) 사라지는 것을 멀리서 봤을 때 나의 충성심은 잔인하게 모욕당했고, 그 당시 이 어리석은 충성심이 요구하던 바는, 보이지 않는 경계선이 지나간 오학년에서 살아남은 이들을 고등학교에서도 계속 분리시켜줬

* 당시 이탈리아의 중학교는 5년제(11~16세)로, 하급과정 삼 년과 상급과정 이 년으로 나뉘었다.

으면, 그리하여 우리 B반 애들이 모든 배신과 모든 타락에 맞서 언제까지나 보호받고 보장받았으면 하는 거였다.

하지만 나를 가장 울적하게 만든 상황은 이런 것이었다. 초등학교 때부터 오랜 짝이었던 오텔로 포르티가 오학년 시험을 통과하지 못했다(나도 전해처럼 10월에 수학 과목에서 '추가시험'을 치러야 했지만, 오텔로는 영어 추가시험만 치르면 됐는데도 10월에 결국 낙제했다). 이제 그는 언제나 그랬듯이 내 오른쪽 가까이에 있지 않을 뿐 아니라 밖에서도 함께하지 못할 것이다. 정오에 나갔다가 조베카 대로를 함께 걸어내려가 각자 자기 집으로 향하거나, 아니면 오후에 몬타뇨네 공원에서 축구를 하거나, 무엇보다 크고 멋지고 즐거운 오텔로네 집, 형제들과 자매들, 사촌들이 가득하고 내 사춘기의 대부분을 보낸 그곳에도 갈 수 없을 것이다. 불쌍한 오텔로가 부당한 낙제의 고통을 견디지 못하고 파도바에 있는 바르나바회 기숙학교에서 오학년을 다시 다니겠다고 아버지에게 청해 허락을 받아냈기 때문이다. 오텔로가 없어, 나는 나보다 훨씬 크고 무거운 그의 몸집이 주는 거대하고 다소 둔한 존재감을 더이상 곁에서 느낄 수 없었고, 우리 집이나 그의 집에서 늘 함께 숙제할 때면 때때로 나한테 거칠고 냉소적으로 대하면서도 다정하게 구는 오텔로의 내성적인 태도 때문에 더이상 자극받거나 화를 낼 일도 없었다. 시작부터 나는 지속적인 고통, 홀아비들처럼 회복할 수 없는 공허감을 느꼈다. 오텔로가 깜짝 놀랍게도 유창한 언변으로(나는 그가 영리하다고 생각해본 적이 없었는데) 자신의 애정을 가득 쏟아놓은 편지들을 파도바에서 보내왔지만 그게 무슨 소용이 있을까? 내가 그에 못지않게 심정을 털어놓는 답장을 보냈어도 무슨 소용이 있었을까? 이제 나는 고등학교에 있고, 그는 중학교에 남았으며, 나는 페라라에, 그는 파도바에 있었다. 오텔로는 모든 패배자가 보이는 갑작스러운 명료함과 성숙함, 용기로 나보다도 훨씬 분명하게, 넘어설 수 없는 그 현실을 인식하고 있었다. 나는 그에게 썼다. '크리스마스 때 만나자.' 그는 그러자고, 크리스마스에, 그러니까 두 달 반 뒤에나, 아마 다시 볼 수 있겠지만(한데 그러려면 그가 스스로 다짐한 대로, 모든 과목에서 통과점수를 받아야 하는데, 과연 그럴지는 전혀 알 수 없었다!), 어쨌든 열흘 남짓 함께 보낸다고 상황이 바뀌진 않을 것이라고 했다. 이렇게 암시하는 것 같았다. '나를 잊어. 네 길을 가렴. 혹시 이미 찾은 게 아니라면, 다른 친구도 만나보고!' 서로 편지를 쓰는 것은 별 도움이 되지 않았다. 실제로 11월 초의 휴일들, 모든 성인의 날, 위령의 날, 승리의 날*이 지나고 우리의 편지는 암묵적인 합의로 이미 중단되었다.

나는 내 불만을 끄집어내고 드러낼 필요가 있었다. 그래서 등교 첫날 특권적인 자리, 말하자면 교단에서 가장 가까운 책상을 차지하려고, 반 아이들이 몸을 던져 학년 초마다 으레 벌이는 통상적인 격투에 뛰어들지 않기로 했다. 나는 다른 애들, 우리와 그들에게 맡기고 교실 입구에 서서 역겨워하는 표정으로 그 광경을 구경했고, 결국 교실 뒤편 구석 창문 옆, 여학생

---

* 1918년 11월 4일, 일차대전에서 이탈리아의 승리를 공식 선언한 기념일.

들을 위해 남겨두는 줄의 마지막 책상으로 가 앉았다. 비어 있는 유일한 책상이었다. 책상이 커서 평범한 내 키에는 그다지 적합하지 않았지만 강렬한 내 망명 욕구에는 아주 딱 맞았다. 나 이전에 이 책상 앞에 멀대 같은 낙제생들과 유급생들이 얼마나 많이 앉았겠어, 나는 속으로 말했다. 타르칠을 한 기울어진 책상 표면에 앞서간 이들이 주머니칼로 새겨놓은 것을 읽었다(주로 선생들과 별명이 '반ᵂ리터'인 투롤라 교장 욕이었다). 그런 다음 눈앞에 질서정연하게 늘어선 대략 서른 명의 목덜미를 둘러보면서, 내 시선에 적대감이 차오르는 것을 느꼈다. 최근에 겪은 수학 낙제 때문에 아직도 괴로웠다. 나는 서둘러 회복해서 다시 훌륭하고 영리한 학생으로 여겨졌으면 했다. 한데 난생처음으로 뒤쪽 책상 게으름뱅이들 관점을 이해하게 됐다. 학교는 감옥, 교장은 교도소장, 선생들은 간수들, 반 아이들은 죄수들로 보였고, 학교 체제는 헌신적인 협력자로 편입되어서는 안 되는, 기회가 있을 때마다 방해하고 비방을 해야 하는 체제로 보였다. 초등학교 시절부터 늘 꺼림칙하게 느껴지던, 교실 뒤편에서부터 퍼져나오던 혼란스러운 경멸의 기류가 이제 얼마나 잘 이해되던지!

나는 내 앞쪽을 바라보았고, 모든 것, 모든 사람을 거부했다. 굴욕적인 검은색 앞치마를 두른 여자애들은 전반적으로 고려대상이 아니었다. 맨 앞의 두 책상에 앉은 아주 작은 네명은 (모두 오학년 A반 출신으로) 앙상한 등 위로 성긴 머리를 땋아내린 것이 딱 유치원생 같았다. 이름이 뭐였더라? 다들 성ᵂ이 베르가미니, 볼로니니, 산티니, 스카나비니, 차카리니처럼 '니'로 끝났고, 이 비슷비슷한 소리들은 어떤 부류를, 잡화상, 소시지 상인, 제본업자, 시청 공무원, 광장의 중개상인 등등 소시민 가정을 연상시켰다. 세번째 책상의 둘은 카비키와 가브리엘리로, 카비키는 아주 뚱뚱했고, 가브리엘리는 서른 살 노처녀처럼 창백한 여드름투성이 얼굴에 삐쩍 말랐으며, 오학년 B반의 열 명 '여자애들' 중에서 남은 애들을 대표했다. 두말할 것 없이 가장 못생긴 이 둘은 나중에 약사나 선생을 하게 될 음울한 노력파로, 순전히 그냥 대상이거나 아무 개로 여겨질 뿐이었다. 네번째와 다섯번째 책상에 나머지 셋이 있었는데, 발보니와 요비네가 네번째 책상에, 마노야가 다섯번째 책상에 혼자 있었고, 이 세 명은 다른 곳에서 온 애들이었다. 발보니는 시골에서 왔고(딱한 발보니, 옷만 봐도 알 수 있었는데, 분명 그녀의 어머니는 마을의 재봉사 일을 하면서 자기 딸의 옷도 만들었겠지……), 요비네는 포텐차에서 왔고, 마노야는 비테르보에서 왔다. 요비네와 마노야는 특별공로로 이탈리아 북부로 이주한 관공서나 철도 공무원들을 뒤따를 가능성이 컸다. 얼마나 지루하고 얼마나 슬픈 일인지! 공부를 계속하려는 여자들은 하나같이 그렇게 개성도 없고 초라한 광신도 같은데(그애들이 내뿜는 썩은 냄새로 판단하건대 자주 씻지도 않았고, 미라들 같았다!), 반면에 예를 들어 오학년 B반의 두 요녀 레냐니와 베르토니처럼 아름다운 여자애들은 왜 가차없이 낙제되어야 하지? 하지만 레냐니와 베르토니는 신경도 쓰지 않았다. 레냐니는 곧 결혼하려는 것 같았고(그런 이야기가 돌았다), 베르토니는 그 말벌처럼 가는 허리,

검고 윤기나는 짧은 머리, 엘사 메를리니*처럼 교활한 눈길을 하고 오학년 교실에 다시 앉아 있을 리가 없으니까! 베르토니는 배우가 되기 위해 로마로 달아날 유형의 여자애였으니(우리는 그애가 그렇게 선언하는 걸 몇 번이나 들었다) 절대로 고등학교 문 뒤에 남아 썩고 있을 리가 없지!

하지만 내 비판은 남자애들에게, 특히 교단을 마주보는 가운뎃줄 책상들을 차지한 녀석들에게 최대한 집중됐다. 저기 첫번째와 두번째 책상에 오학년 A반 무리 중 세 녀석, 볼디니, 그라시, 드로게티가 자리를 잡았고, B반에서 온 플로레스타노 도나디오가 드로게티와 함께 두번째 책상에 앉아 있었는데, 모든 면에서, 머리로 보나 몸으로 보나 그 어딜 봐도 참담한 그애는 겨우 버티고 앉아 있는 손님 모양새를 하고 있었다. 드로게티는 기병대 장교의 아들로 깔끔한 외관에 우직한 자세만 봐도 아버지의 발자취를 그대로 따를 거라는 게 보이고 확실히 그렇고 그런 범상이었다. 하지만 A반의 가장 뛰어난 학생이던 앞줄의 볼디니와 그라시는 나란히 앉아 거대한 세력을 형성하고 있었고, 도나디오는 언제나 그랬듯이 겁먹은 새처럼 금발에 작고 발그스레하고 조그만 모습으로 꼭 무슨 조공 바치는 사람이나 신하처럼 있었다. 세번째 책상에는 잘못 엮인 또다른 쌍이 있었는데, B반의 발테르 조반니니와 A반의 카무리였다. 비록 카무리보다 유능하지 않지만 발테르는 시골 출신임에도 불구하고 표준 이탈리아어 구사력이 뛰어났다. 하지

* Elsa Merlini(1903~1983). 이탈리아 가수이자 배우.

만 카무리는 부자였다. 못생기고 근시에 외골수지만, 부자였다. 그의 가족은 (카를로마이르 거리에 사는 카무리 가족, 그들을 대체 누가 모를까?) 페라라에서 가장 부자에 속했다. 카무리 가족이 코디고로 일대, 바로 발테르의 고향이기도 한 그 지역에서 수백 헥타르의 땅을 소유하고 있던 만큼, 빼놓을 수 없는 사실은 발테르의 아버지와 할아버지가 과거에 갖고 있던 땅이든, 아니면 지금의 땅이든, 발테르네가 카무리 가족의 땅을 부쳐먹고 산다는 것이었다…… 그리고 네번째 책상에는, 어쩌다 혼자였는지 모르겠지만—아마 그 누구도 옆에 앉을 만한 충분한 자격이 없어서 그랬을 수도 있겠지만— 카톨리카, 카를로 카톨리카가 앉아 있었는데, 그애는 중학교 일학년 때부터 내리 모든 과목에서 평균 8점 내지 9점을 받는, 언제나 모두가 인정하는 A반의 우등생이었다. 겉으로 드러나진 않았지만, 자기 앞에서 등을 구부린 채 믿음직한 등짝을 내보이고 있는 카무리와 드로게티를 지나, 그에 못지않게 믿음직스러운 첫번째 책상의 볼디니와 그라시랑 접선하기란, 카톨리카에게는 매사가 일종의 게임 같았을 것이다. 라틴어와 그리스어 수업시간에 과제를 할 때 보면 어찌나 잘 보이던지! 정보는 네번째 책상에서 첫번째 책상으로, 또 그 반대로, 마치 그들이 무전기를 사용하기라도 하듯 손쉽게 날아다녔다.

카톨리카 뒤에는 우리 중 두 명 마찬티와 말라구가 있었다. 이 둘은 아무 영양가도 없거나, 없는 거나 마찬가지였다. 그리고 내 오른쪽에는, 교단에 있는 선생님의 탐색하는 눈길을 최대한 피하고 단지 자신을 보호하려는 목적으로 책상에 몸을 숙이고 있는, 베로네시와 다니엘리가 있었는데, 베로네시는 최소한 스무 살은 되었고, 다니엘리는 훨씬 더 나이가 많았다. 매 학년 유급이 습관이 된 그들은 심지어 운동에서조차 무능한 유구한 놈팡이들로, 진작부터 유곽의 대단한 단골들이었다. 그리고 칠판 맞은편, 문에서 가까운 줄의 책상들 자리가 그나마 좀 나아 보이기는 했지만(두번째 책상에는 조르조 셀미가 키에레가티와 앉게 되었고, 세번째에는 발레리니가 떨어질 수 없는 조바나르디와 또다시 함께 앉는 데 성공했다), 그래도 어떻게 내가 체념한 채 네번째 책상으로 가서 비루하고 냄새나는 알도 라투가와 짝이 될 수 있겠는가? 중학교 때에도 라투가 옆에 앉으려는 사람이 극히 드물었는데, 올해도 역시, 비록 그 이유들은 완전히 정반대였지만, 카톨리카처럼 혼자 남아 있었다. 그래, 맞아, 내가 선택한 고독의 자리, 여자애들 줄 끝이 더 낫지. 이탈리아어 담당 비안키 선생님은 단테의 칸초네를 낭송하면서 수업을 시작했는데, 매우 인상적인 구절이 하나 있었다. "나에게 주어진 망명을 나는 영광으로 받아들이노라."* 이것이 나의 좌우명, 나의 금언이 될 수 있으리라.

    어느 날 나는 내 왼쪽 창유리 너머로 굶주린 고양이들이 사는 슬픈 정원을 바라보는 데 정신이 팔려 있었다. 그 정원은 옛 수도원이던 과리니 건물[†]과 예수교회 옆면을 가르고 있었

---

* 단테가 망명시절에 남긴 「시 104번」 "세 여인이 내 심장 주위로 왔네"로 시작되는 칸초네의 76행.
[†] 바사니가 1926~1934년에 다닌 루도비코아리오스토 왕립 중고등학교를 말한다. 시내 동부 벨라리아 거리에 있으며, 현재는 초등학교로 사용중이다.

다. 그래도 어쨌거나 늘 호감을 주는 조르조 셀미 같은 애가 개학 첫날 주도적으로 나서서 짝을 하자고 나를 불렀으면 좋았을 텐데 하는 생각을 하고 있었다. 셀미는 아버지도 어머니도 없는 고아였다. 형제 루이지와 함께 삼촌 아르만도 변호사의 집에서 살았는데, 예순 살쯤 된 불퉁한 독신남인 삼촌은 조카들을 하나는 모데나의 사관학교로, 또하나는 리보르노의 해군사관학교로 치워버리지 못해 안달이었다. 음, 그런데 도대체 뭣 때문에 조르조는 나 대신 저 음울한 노력파 키에레가티와 앉고 싶었을까? 사크라티 광장에 있는 아파트, 법률사무소에 주거용 방들이 딸린 삼촌의 아파트는 분명 두 사람이 숙제를 하기에는 적합하지 않을 것이다. 만약 조르조가 가로 삼 미터에 세로 사 미터짜리 벽장이나 다름없는 다락방 침실에서 공부하고 있는 게 맞는다면 말이다. 반대로 우리 집은 공간이야 필요한 만큼 충분했다. 내 공부방은 나와 그는 물론이고 우리 둘에게 합류하고 싶은 누구든 다 와도 될 만큼 컸다. 게다가 어머니는 내가 중학교 때처럼 포르티 집에서 오후시간을 안 보내고 우리 집에서 보내는 걸 몹시 기뻐하면서 다섯시면 차며 버터, 잼 같은 어마어마한 간식을 챙겨줄 텐데! 조르조 셀미가 나와 함께 앉지 않다니, 정말이지 유감이다. 질투와 시샘 때문이었겠지. 그의 집에 비하면 우리 집은 너무 멋지고 아늑했다. 그리고 나에게는 어머니가 있었지만, 그에게는 없었고, 고약한 늙은이 삼촌뿐이었다. 반유대주의와는 일절 상관이 없는 얘기다.

"휘!"

오른쪽에서 들려온 나직한 휘파람 소리에 나는 깜짝 놀랐다. 몸을 홱 돌렸다. 베로네시였다. 마찬터 등뒤에 웅크린 채 니코틴이 짙게 물든 야윈 검지로 그가 나에게 앞을 보라는 신호를 보냈다. 대체 뭐하는 거야? 베로네시는 즐거움과 우려를 반쯤 섞어 이렇게 따져묻듯 말했다. 도대체 뭔 딴생각을 하는 거야, 이 왕맹추야, 네가 지금 어딨는지 모르는 거야?

나는 순순히 따랐다. 여기저기 몇몇 숨죽인 웃음소리만이 들리는 절대적인 침묵 속에 학급 전체가 얼굴을 돌려 나를 보고 있었다. 저 앞쪽 교단에 앉은 구초 선생님도 냉소를 머금고 나를 응시했다.

"자, 이제!" 선생님은 부드럽게 말했다.

나는 일어섰다.

"학생은 이름이 뭐죠?"

나는 더듬더듬 대답했다.

구초 선생님은 사디즘에 가까운 고약한 성격으로 유명했다. 쉰 살 정도에 키가 크고 엄청나게 건장하며, 도마뱀같이 커다란 녹색 눈이 바그너처럼 거대한 이마 아래에서 번득이고 있었고, 회색 구레나룻이 길게 내려와 뼈대가 도드라진 뺨을 반절쯤 덮고 있었다. 그는 과리니에서 소위 천재로 통했다 ("죽음은 육신을 지배하고/ 덕성은 죽음을 이긴다."[*] 입구 복도에 멋지게 내걸린, 1915~1918년 전쟁 전사자들을 위한 이 비문

---

[*] Mors domuit corpora/ Vicit mortem virtus. 이 라틴어 비문은 실제로 바사니가 다닌 아리오스토 중고등학교에 세워진 일차대전 전사자 동문들을 위한 추모비로, 바사니의 스승 프란체스코 비비아니가 썼다.

을 쓴 사람이 바로 그였다). 그는 파시스트 당원증을 갖고 있지 않았다. 그리고 그것 때문에, 단지 그 이유 하나 때문에, 독일에서 출판된 그의 철학 저술들이 분명 보장해주고도 남았을 대학에서의 자리를 얻을 수 없었다고 모두가 말했다.

"뭐라고요?" 선생님이 손을 귀 뒤로 가져다대며 몸을 내미는 바람에, 커다란 가슴이 펼쳐진 출석부를 눌렀다. "미안하지만, 크게 말하세요!"

그는 분명히 즐기고 있었다. 장난을 치는 것이었다.

나는 이름을 반복했다.

선생님은 불쑥 일어났고, 출석부를 신중하게 확인했다.

"좋아요." 출석부에 펜으로 알 수 없는 표시를 하며 판정을 마쳤다.

"자, 이제 학생에 대해 말해봐요." 선생님은 의자 등받이에 다시 기대며 말했다.

"저에 대해서요?"

"당연히 학생에 대해서죠. 어느 반에 있었어요? A반, 아니면 B반?"

"B반입니다."

선생님은 입을 씰룩였다.

"아, B반. 좋아요. 그런데 여기까지 어떻게 올라왔어요? 한방에 연달아서? (기억력이 안 좋아서 미안해요.) 아니면, 이차 시도로?"

"저는 10월에 수학 추가시험을 치렀습니다."

"수학만요?"

나는 고개를 끄덕였다.

"다른 과목은 추가로 보완하지 않아도 되는 게 확실해요? (이 표현이 효과적이지만 좋지는 않군요……) 이를테면 라틴어와 그리스어는?"

나는 아니라고 답했다.

"정말로 확실해요?" 선생님은 고양이처럼 유연한 태도로 집요하게 물었다.

나는 다시 아니라고 말했다.

"좋아요, 조심해요, 학생, 주의합시다. 학생이 다음 여름에 수학 말고 라틴어와 그리스어에서도 추가시험을 치르는 일이 없기를 바랍니다. 설마…… 그런 일은 없기를……* 세 과목만은…… 무슨 말인지 알겠죠?"

그리고 내가 중학교에서 어땠는지, 혹시 학년을 다시 다닌 적은 없는지 물었다. 그러나 선생님은 나를 바라보고 있지 않았다. 나를 믿지 못해서 어느 자발적인 증인이 나서서 증언해주길 요청하듯 교실을 둘러보았다.

"아주 훌륭했습니다. 우등생이었습니다." 누군가가 과감히 나섰다. 아마 첫 줄 첫번째 책상에 앉은 파바니였을 것이다.

"아, 우등생!" 구초 선생님이 외쳤다. "그렇다면, 중학교에서는 소수의 선택받은 선두 무리에 속했는데…… 왜 이렇게 떨어졌어요? 도대체 왜?"

---

* quod Deus avertat. 직역하면 "신이여, 피하게 해주소서"란 뜻. 라틴어 관용구로, 일종의 액막이용으로 널리 쓰이는 표현이다.

나는 뭐라고 해야 할지 몰랐다. 책상만 뚫어지게 바라보았다. 구초 선생님이 바라는 대답이 그 낡고 검은 나무에서 나올수 있기라도 한 듯.

나는 고개를 다시 들었다.

"도대체 왜죠?" 선생님은 끈덕지게 물었다. "그리고 어떤 이유로 그런 자리를 선택했나요? 혹시 대단히 훌륭한 베로네시와 그에 못지않게 훌륭한 다니엘리 가까이에 앉으려고…… 진정한 학문을 배우고자 나보다는 그들을 택한 건가요?"

교실이 한꺼번에 웃음바다로 변했다. 비록 덜 열광적이긴 했지만 베로네시와 다니엘리도 웃었다.

"아니, 자, 내 말을 들어봐요." 구초 선생님은 오케스트라 지휘자처럼 커다란 몸짓으로 소란을 진정시키면서 말했다. "무엇보다, 학생은 자리를 바꿔야 해요."

선생님은 둘러보고, 탐색하고, 평가했다.

"저기. 네번째 책상, 저 학생 옆에 앉아요."

카톨리카를 가리키고 있었다.

"학생은 이름이 뭐죠?"

카톨리카가 일어났다.

"카를로 카톨리카입니다." 그는 간결하게 답했다.

"아, 그래요…… 그 유명한 카톨리카…… 좋아요, 좋아. 학생은 A반 출신이죠? 그렇죠?"

"네."

"좋아요, 좋아. A반과 B반. 완벽해요."

나는 내 책들을 챙겨 옆 통로로 나가 새로운 책상으로 갔으며, 지나가는 동안 베로네시가 낮은 기침으로 건네는 작별인사를 받았고, 거기 도착해서는 A반 최고 모범생의 미소로 환대를 받았다.

"부탁해요, 카톨리카." 그러는 동안 구초 선생님이 말했다. "학생에게 맡길게요. 그 길 잃은 어린 양을 올바른 길로 다시 인도해주세요."

2

카를로 카톨리카에게 지난 삼십 년 동안 무슨 일이 일어났는지 나는 전혀 모른다.

고등학교 동창들 중에서 내가 아는 게 하나도 없는 유일한 인물이다. 어떤 경력을 쌓았는지, 결혼은 했는지, 어디에 사는지, 살아 있는지, 전혀 모른다. 단지 1933년에 놀라운 점수로 고등학교 졸업자격시험을 통과한 뒤 페라라를 떠나, 토리노로 이사해야 했다는 것만 안다. 엔지니어이던 아버지가 토리노에 있는 페인트 공장인가에 예기치 않게 안정적인 직장을 얻었기 때문이었다. (그의 아버지는 하늘빛 눈을 가진 자그마한 대머리 남자로, 오페라하우스와 우표 수집에 열광적이었고, 자신보다 머리 하나 이상 키가 큰 수학 선생 아내에게 순종하는 남자였다.) 언제나 자신감에 넘치던 카톨리카가 1930년 초부터 스스로 장담하던 대로, 저명한 외과의사가 되었을까? 매일 저녁 자전거를 타고 본데노로 만나러 가던, 그 당시 이미 '집 안에서' 맺어준 (이름이 그라치엘라 아콜티였던 것 같은데) 그 여자와 정말로 결혼했을까? 우리 세대는 다른 어떤 세대보다 많은 어려움을 겪었다. 전쟁과 그밖에 모든 것이, 카를로 카톨리카 못지않게 결연했던 우리의 무수한 의지와 적성을 쓸어가버렸다. 그러나 왠지 그는 살아 있고, 꿈꾸던 대로 외과 의사를 하고 있으며, 아직 소년일 때 페라라에서 떠나야 했지만 그라치엘라와 결혼했을 거라는 생각이 들었다. 우리 둘은 혹시 다시 만날 수 있을까? 어쩌면. 가능하다고 생각한다. 하지만 용기가 필요하겠지.

나는 카톨리카의 옆얼굴을 본다. 내 오른쪽에, 마치 메달에 정확히 새긴 듯 자세하고 뚜렷하다. 그는 키가 크고 삐쩍 말랐으며, 불거진 눈썹 아래로 깊이 감싸인 두 눈은 형형하고, 이마는 높지 않지만 널찍하고 창백하고 평온하며 아주 근사했다. 어딘지 호감이 가는, 내가 그에 대해 간직하고 있는 가장 오래된 이미지는 역시 옆모습이다. 우리는 벨라리아 거리의 알폰소바라노 초등학교에 함께 다녔는데, 그때는 반이 달랐다. 어느 날 아침 학교 운동장에서, 휴식시간이었는데, 나는 그가 달리는 모습에 깜짝 놀랐다. 가느다란 다리를 널찍하고 일정한 보폭으로 움직이며 중거리경주 선수처럼 담장을 따라 아주 빠르게 달렸다. 나는 오텔로 포르티에게 저애가 누구냐고 물었다. "아니, 어떻게 몰라? 카톨리카야!" 오텔로는 눈을 동그랗게 뜨며 대답했다. 그는 달렸고, 나는 나를 포함하여 다른 애들 전부와는 완전히 다른 방식으로, 어떤 것에도 흐름을 바꾸거나 주의를 뺏기지 않고 달리는 그 모습을 지켜봤다. 마치 수많은 사람 중에 유일하게 그 혼자만이 어디로 가야 할지 확실히 알고 있는 것처럼, 침착하게 자기 앞을 바라보며 달리고 있었다.

이제 우리는 서로 몇십 센티미터도 안 되게 가까이 있지만, 일종의 은밀한 경계선이 우리가 자연스럽게 친밀한 우정을 나누고 이야기하는 것을 가로막고 있었다. 솔직히 처음에는 내가 먼저 좀 소심하게 행동했는데, 이를테면 어느 날 라틴어 시간에 과제를 할 때 내가 두툼한 내 게오르게스* 책 두 권을 책상 아래 그의 책과 공책을 넣는 칸막이에다 넣어도 되는지 물어본 일이었다. 하지만 카톨리카가 이에 동의하면서 겨우 몇 도만 고개를 움직이고는 냉담하게 얼굴을 돌려버리자, 그런 식으로 또다른 작전을 내세우려던 나는 단념하고 말았다. 도대체 내가 뭘 하려던 거지? 나는 생각했다. 우리의 결합이 지닌 세속적인 중요성, 내게는 그 사회적 의미만으로 충분하잖아? 그는 중학교 내내 (선생님들이 복도에서 그의 작문을 돌려보던 초등학교는 말할 것도 없고) 일학년에서 오학년까지 매년 A반의 가장 우수한 학생이었다. 하지만 나도 비록 이따금이긴 했어도 언제나 소수의 선두 그룹에 속했다. 그렇다면? 우리가 예부터 반목해온 두 집단의 기수라면, 실제로 그랬으니, 바로 이렇게 각자 실질적으로 자기 자리를 지키면서 행

---

* Karl Ernst Georges(1806~1895). 독일 출신 고전문헌학자이자 라틴어 사전 편찬자.

동하는 것이 더 낫지 않을까?

　대개 우리는 최대한의 상호배려, 최대한의 존중과 기사도를 보였다. 이따금 선생님의 질문을 받고 나갔다가 책상으로 돌아오면 우리는 언제나 너그럽게 서로를 인정하는 미소와 기쁨의 악수를 나눴고, 급기야 우리 뒤의 마찬티는 그런 상황을 알아채고 자신과 말라구에게 유용한 뭔가를 얻어낼 수도 있겠다 싶어, 곧바로 장부를 만들어 매일 신중하게 모든 점수를 기록했을 정도니, 그가 정말로 공평한 재판관, 스스로 선언한 바대로 모든 고과기준에 충실하고 꼼꼼한 회계사가 되어, 실수하지 않기를 바랄 뿐이었다. 그러나 교실에서 과제를 할 때면 기회주의적인 위선의 연약한 성채는 햇빛 속의 안개처럼 인정사정없이 흩어져버렸다. 그런 상황에서는 어떤 그리스어나 라틴어 경구도, 함께 극복해나가고 서로 힘을 모아 노력하도록 우리를 이끌지 못했다. 각자 자기의 점수를 위해 공부하면서 결과를 시샘하고, 스스로 치사해져 깐깐히 굴다가도, 상대에 대한 어떤 의무를 다하기보다는 불완전하거나 잘못된 문장을 눈감고 넘어갈 태세마저 되어 있었다. 내가 예상한 대로, 드로게티와 카무리는 우리 앞에서 카톨리카와 멀리 전초지의 볼디니와 그라시 사이에서 충실한 중개자 역할을 했다. 시간이 촉박해지면, 구초 선생님이 수에토니우스*에 대해 쓴 자신의 인쇄 원고에서 눈을 들어 잔인한 미소와 함께 일 분도 지체 없이 정확히 십 분 뒤에 '우수한' 키에레가티를 보내 '학

---

* Gaius Suetonius Tranquillus(70~126). 로마 시대의 정치가, 역사가.

생 여러분의 노작들'을 수거할 것이라고 말하면, A반의 통신망이 얼마나 뻔뻔하고 완벽하게 작동하기 시작하던지! 그러면 미소도 악수도 안녕, 짐짓 꾸며내던 동지 같은 친절함도 안녕이었다. 가면이 벗겨졌다. 그리고 가면이 벗겨지면서 카톨리카의 나무랄 데 없는 얼굴은 분파적인 소란으로 동요했고, 적대적이고 가증스러운 자신의 실상을 모조리 드러냈다. 마침내 벌거벗은 모습이 되어.

그렇지만 나는 그를 싫어하면서도 경탄하고 질투했다.

그는 모든 것에서 완벽했다. 이탈리아어, 라틴어, 그리스어, 역사, 철학, 수학과 물리학, 과학, 예술사, 심지어 체육에서도 완벽했다. (나는 종교 수업을 면제받았기에 돈 폰세카 선생의 수업을 듣지 않았는데, 의심할 여지 없이 카톨리카는 그 '신부'한테도 완벽한 학생이었을 것이다.) 나는 그의 명석한 정신, 눈부시게 작동하는 그의 두뇌를 증오하고 질투했다. 그에 비하면 나는 얼마나 혼란스럽고 산만한지! 사실 이탈리아어 과목은 어쩌면 내가 더 잘했을지 모른다. 하지만 어쨌든 주제들은 무수하게 많았기 때문에 언제나 그럴 수는 없었다. 주제 중 어떤 것은 내 마음에 들었지만 어떤 것은 그렇지 않았으며, 주제가 나에게 맞지 않을 때는 아무 소용이 없었다. 6점이나 받으면 성공이었다. 그러니 혹시 내가 라틴어와 그리스어 말하기에서는 더 뛰어날지 몰라도(처음의 전초전 이후 구초 선생님은 나를 호의적으로 바라봤고, 호메로스와 헤로도토스, 특히 헤로도토스를 읽을 때는 '정확한 번역'을 들어보자며 거의 언제나 나에게 도움을 청하곤 했다), 글쓰기에서는, 특히 이탈리아어를 라틴어로 번역하는 데는 카톨리카가 항상 나보다 월등히 뛰어났고, 통사와 형태의 세부규칙들을 빠짐없이 기억했으며, 활용에서도 결코 틀리는 법이 없었다. 그의 기억력은 역사 문답에서 한 번도 틀리지 않고 그 많은 날짜를 실수 없이 적중시켰을 뿐 아니라, 자연과학 시간에는 크라우스 선생님이 황홀해할 정도로 그 앞에서 무척추동물의 분류를 마치 책을 보고 읽듯이 확실하고 자연스럽게 읊을 수 있었다. 세상에, 어떻게 저러지? 나는 자문했다. 두개골에 뭘 감춰둔 거지? 계산기인가? 마찬티는 망설이지 않았다. 그렇게 대단한 기억력을 증명하고 나면 마찬티는 자기 장부에다 9점, 심지어 9점 플러스를 기록하려고 했다. 그리고 최선은, 대다수의 경우 바로 내가 재빨리 뒤돌아보며 그 '플러스'를 덧붙이라고 우기는 일이었다.

하지만 내 열등감은 각각의 학업 성취에 대한 비교보다 오히려 그 밖의 나머지 모든 것에서 비롯했다.

먼저 키가 그랬다. 그는 키가 크고 말랐으며, 벌써 젊은이였고, 젊은이처럼 비쿠냐 원단의 긴 회색 바지에 다른 옷에 비해 색조가 무거운 직물 재킷을 입고, 호주머니에 열 개비짜리 마케도니아 담뱃갑을 넣고, 목에는 실크 넥타이를 매고 다녔다. 반면에 나는 작고 탄탄했으며, 어머니가 좋아하는 늘 똑같은 칠부바지 때문에 괴로웠고, 결국 평범한 소년에 지나지 않았다. 그리고 스포츠가 그랬다. 카톨리카는 어떤 스포츠도 하지 않았고 심지어 축구도 경멸했는데 (언젠가 예수교회 앞마당에서 벌어진 축구시합에 잠깐 나타나 훌륭한 공차기 솜씨를 선보였던 적도 있으니) 운동을 할 줄 몰라서 그런 건 아니고, 스포츠에 관심이 없는데다 시간낭비로 간주했기 때문이었다. 또 대학에서 어떤 전공을 선택할지의 문제도 있었다. 나는 알지 못했다. 때로는 의학에 이끌렸고, 다른 때에는 법학에, 또다른 때에는 문학에 이끌렸다. 반면에 그는 벌써 의학을 선택했을 뿐 아니라 심지어 내과와 외과 사이에서 외과로 결정해둔 상태였다. 마지막으로 그가 사랑을 나누는, 본데노에 사는 여자가 있었다. 연애에 있어 나는 아직 최소한의 진지하고 구체적인 경험도 없었다(여름에 바닷가에서 만난 여자애들과 있었던 일이 경험일까? 손을 맞잡고, 눈과 눈을 맞대고, 뺨에 슬며시 입맞춤을 몇 번 했고, 그게 다인데……). 반면 그는 내 생각에 학교를 통틀어 오직 유일하게 정식 약혼을 한 학생이었다. 집안끼리, 손가락에 반지까지 나눠 낀. 아, 그 반지! 백금에 사파이어가 박힌, 중요한 반지이자 공로훈장과도 같은, 무엇보다 반감을 주던 그 반지. 그러나 나도 그 반지가 얼마나 갖고 싶었던가! 누가 알아, 나는 생각했다, 아마 어른이 되려면, 아니면 적어도 어른으로 통하려면 꼭 필요한 최소한의 자신감을 얻는 데 그런 반지가 적격이고, 상당한 도움을 줄지.

카톨리카는 오후에 누구와 숙제를 하지? 처음에 나는 깨닫지 못했다. 내 생각에 그는 그 자체로 충분하고 누구도 도달할 수 없는 것처럼 보였기에, 어떤 진정하고 내밀한 친구의 도움도 필요 없을 것 같았다. 볼디니와 그라시와의 관계도 순전히 필요에 의한 것이며, 치타델라 거리에 있는 그의 집에는 그들이든 누구든 어떤 친구도 받아들이지 않을 것이라고 그렇게 여겼다.

실은 착각이었다.

사실대로 말하면 나는 이전에도 뭔가 직감했다. 그러니까 그날 오전, 크라우스 선생님의 절대 왕국인 화학과 자연과학 실험실의 계단을 마지막으로 내려오다가 눈을 들었는데, 문득 앞에 카톨리카, 볼디니, 그라시, 그들 셋이 층계참에 멈춰 이야기하고 있는 것이 보였다. 그들을 발견함과 동시에 그들이 오후에 자기들 중 누구네 집에서 만날지 이야기하고 있다는 것을 직감적으로 깨달았다. 실제로 내가 오는 것을 보자 그들은 곧바로 화제를 바꿨다. 축구에 대해 논하기 시작했는데, 세상에! 카톨리카는 스포츠를 전혀 중요하게 여기지도 않고 결코 입에 올리지도 않는다는 것을, 내가 모른다는 듯이 굴었다.

그러나 나는 직접 눈으로 보고, 손으로 만져보고 싶었다. 그래서 바로 그날 저녁 (더이상 오텔로와 공부하지 않게 된 이후 거의 매일 저녁 일곱시 무렵 내가 습관적으로 들르던) 상인클럽*에서 아버지를 발견하지 못하자, 나는 돌연 결심했다. 곧장 집으로 돌아가는 대신 카보우르 대로와 치타델라 거리가 만나는 모퉁이로 달려가 잠복했다.

여덟시 이십 분 전이었다. 데스테 성†에서 세관의 방벽까지 카보우르 대로는 불빛들로 반짝였고, 반면에 널찍하고 자갈

---

* 1861년 설립된 페라라 상류층 신사동호회의 일종.

† 데스테d'Este 가문은 중세부터 페라라와 인근 지역의 영주로서, 특히 르네상스 시대에 화려한 문화의 꽃을 피웠고, 이 성은 14세기에 페라라 중심부에 세워진 유적이다.

이 많은 치타델라 거리는 어두운 안개에 잠겨 있는 듯했다. 나는 모퉁이에 서서 이백 미터 정도 떨어진 카톨리카네 집을 응시했다. 삼층짜리 작은 붉은색 주택은 지은 지 얼마 되지 않았고 외따로 서 있었다. 물론 우아하지만 전체적으로 보면 어딘가 천박해, 나는 혼잣말을 했다. 예를 들어 삼층의 불 켜진 창문을 장식한 장밋빛 커튼만 봐도 미심쩍고 천박하잖아? 다니엘리와 베로네시가 오후시간 대부분을 보내는 콜롬바 거리의 유곽에서 반쯤 열린 덧창문 뒤로 보이던 것과 비슷하잖아.

십오 분 정도가 흘렀다. 나는 이제 가려고 했다. (혹시 다른 곳에서, 아리오스테아 광장의 그라시 집이나, 아니면 리파그란데 거리의 볼디니 집에서 모였나 하는 의혹이 스쳤다.) 바로 그때 일층 문이 열리고, 차례차례 세 사람이 나왔고, 카톨리카도 거기 있었다.

세 명 모두 자전거를 타더니 치타델라 거리를 지나 카보우르 대로까지 갔다. 그들은 내가 교차로에서 적당히 떨어진 곳까지 따라잡을 수 있을 정도로 천천히 달렸다. 교차로에 이르자 셋은 갈라졌다. 볼디니와 그라시는 왼쪽으로 돌아 시내를 향했고, 카톨리카는 오른쪽으로 돌아 세관의 방벽 쪽으로 향했다.

카톨리카는 어디로 가는 거지?

나는 그의 눈부신 회색 마이노 자전거의 후미등에 시선을 고정한 채 멀찍이 한참을 뒤따라갔다. 알겠어. 본데노에 사는 여자한테 가는구나. 하지만 그가 열심히 공부하며 하루를 끝내고 (오전에는 학교에서 모두의 존경에 둘러싸여 보내고, 오후에는 자기 집에서 소중한 친구들의 애정과 찬탄을 받으며 지내다) 약혼녀 집에서는 저녁 키스라는 호사까지 누릴 수 있다니, 나는 갑자기 견딜 수가 없었다.

3

오텔로 포르티는 처음 두 달이 끝날 때 최고 점수를 받았는데도, 가족과 함께 크리스마스이브, 크리스마스, 산스테파노 축일, 이 사흘은 같이 보내려고 하지 않았다. 오텔로가 파도바로 다시 떠나기 전에 고작 몇 시간 봤을 뿐인데, 그는 온통 떠날 생각에만 사로잡혀 있었다.

몬테벨로 거리 24번지에 있는 그의 집으로 그를 만나러 갔다.

그는 곧바로 나를 끌고 가서 커다랗고 눈부신 성탄 마구간 모형을 감상하게 했는데, 그 모형은 언제나 그랬듯 일층 거실에 세워져 있었다. 하지만 올해에는, 처음 이후로 적어도 십 년 만인데도, 그의 형제들이나 사촌들 중 누구도 함께 나더러 모형을 만들자고 초대하지 않았다. 우리는 그의 방으로 올라갔다. 그래도 언제나 어느 정도는 내 방이라고 여기던 맨 위층의 그 작은 방에서도, 나는 유익한 사람이 아니었다. 방에 들어가자마자 오텔로는 어색할 만큼 친절하게 굴며 나를 창문 옆 소파에 앉게 했다. 그런 다음 자신은 가방에 짐을 싸기 시작했다. 내가 도와주려고 소파에서 일어나자 그냥 앉아 있으라고 고집했다. 혼자 하는 것이 좋다며, 혼자 하면 훨씬 빨리 끝낼 수 있다면서.

그가 우기는 대로 나는 따랐다. 다시 소파에 앉아 그를 바라봤다. 그는 눈을 들지도 않고 마치 계산된 것처럼 천천히 가방을 챙겼다. 나는 그가 더 금발에 통통하고 발그스레하다고 기억했는데, 분명 날씬해 보이게 하는 긴 바지를 입긴 했어도, 정말로 그는 약간 더 말랐고 키도 몇 센티미터 더 자랐다. 한데 무엇보다도, 근시용 렌즈 너머로 보이는 진지하고 신중하고 쓰라린 표정이 담긴 지금의 일관된 그 눈빛은, 나를 불편하게 하고 상처를 주었다. 사실 그의 성격은 그다지 개방적이지 않았다. 모든 면에서, 놀거나 들판에서 자전거를 타거나, 수업과 관계없는 (살가리, 베른, 뒤마 같은 작가들) 책을 읽을 때도 주도권을 쥔 것은 언제나 나였고, 그는 부루퉁한 얼굴로 마지못해 끌려왔지만, 다행히도 때로는 웃기도 했고, 그렇게 이따금 내가 그를 웃게 만들었기에 은근히 나 스스로 우쭐하기도 했다. 그런데 지금은? 우리 사이에 무엇이 변했지? 오텔로가 낙제했다고 해서 나에게 무슨 잘못이 있지? 왜 시무룩한 얼굴로 계속 저러고 있는 거야?

"무슨 일 있어?" 나는 그에게 물었다.

"나? 전혀. 왜?"

"글쎄, 모르겠어. 네가 나한테 불만이 있는 것 같아서."

"너는 언제나 똑같으니 좋겠구나." 오텔로는 입술만 움직여 짧게 미소를 지으며 답했다.

분명히 그는 사소한 것으로 괴로워하는 고질적인 내 성향, 남들이 나를 사랑해주기를 바라는 나의 끝도 없는 욕구, 그리고 자신의 불행 탓에 자기 성격이 바뀌었음을 넌지시 말하고 있었다. 내킨다면 나는 평소처럼 유치한 변덕으로 장난을 칠 수도 있었다. 하지만 그는 아니었다, 오텔로는 원하지도 않고, 시간도 없었다. 시련이 그를 어른으로 만들었던 것이다. 그리고 어른은 확고한 것을 좇아야 한다.

"무슨 말인지 모르겠어." 나는 대꾸했다. "미안한데, 너 그게 무슨 태도야? 최소한 편지라도 써야지……"

"너한테 편지 쓴 것 같은데. 못 받았어?"

"아니, 받았어. 하지만……"

"그럼 됐지!"

그는 눈을 들었고, 단호하고 적대적으로 나를 바라봤다.

"몇 번 썼더라? 처음 이 주 동안 세 번 썼어. 그다음에는 한 번도 안 썼잖아."

"그러면 너는?"

그의 말이 맞았다. 먼저 답장하지 않은 쪽은 나였다. 하지만 이 순간 내가 어떻게 말을 해야 할까, 이 상태에서, 돌연 우리 서로 간의 입장이 바뀌었으니, 그래서 내가 더는 편지를 쓸 수 없었던 이유들을, 그에게 어떻게 설명할 수 있을까? 나는 내가 그의 불행을 위로해줄 차례라고 생각했다. 하지만 어찌 됐든 위로하고 충고한 것은 처음부터 바로 그였다.

잠시 후 날이 풀리자 우리는 산책하러 정원으로 내려갔다. (지난해의 혹독한 겨울과는 비교할 수 없었다. 겨울이 다 지나가는데도 큰 추위는 아직 올 기미가 없었다.) 살포시 안개가 낀 황혼의 푸른 대기 속에서, 우리는 우리의 우정에서 소중했던 장소들을 둘러보았다. 그의 형제들과 사촌들과 함께 크로케 경기를 자주 하던 가운데 멋진 풀밭은 이제 축축하고 풀이 듬성듬성했고, 풀밭 저 너머 시골 오두막은 일층은 땔나무와 석탄 창고로 쓰였고 이층은 비둘기장이 되었으며, 마지막으로 저 아래 담장 근처 나무들이 늘어선 작은 둔덕에는 주세페 형이 그 꼭대기에 있는 쥐색 움막에다 좀이 슨 판자와 철망을 반씩 섞어 만들어 한때 닭장으로 사용하던 곳에 자신의 토끼 우리를 설치해두었다. 말은 주로 오텔로가 했다. 기숙학교에서 지내는 자신의 생활에 대해 상세하게 들려주었다. 물론 힘들다고, 특히 '관리자들'이 (다섯시 십오분에 일어나 모두 '예배당'으로 가야 하니) 기상시간을 엄수하라고 해서 힘들긴 한데, 그렇다고 절대로 손을 가만히 놀리고 있을 순 없고 언제나 바쁘게 해야 할 일이 있는 '정확하게 계산된' 생활을 하고 있다고 했다. 계획? 지난해보다 훨씬 방대했다. 라틴어는 『아이네이스』 제3권, 키케로의 편지들, 살루스티우스의 『유구르타 전쟁』에 대해 '발표'해야 했단다. 그리스어는 크세노폰의 『키로파이디아』, 루키아노스의 『대화편』, 그리고 플루타르코스의 『비교열전』 일부를, 이탈리아어는 만초니의 『약혼자들』과 아리오스토의 『광란의 오를란도』*를 해야 했다고.

"『광란의 오를란도』 전체를?" 나는 놀라서 물었다.

"그래, 전부 다." 그는 건조하게 답했다.

하지만 그에게 간절히 묻고 싶은 질문이 있었는데, 대문에서 떠나려는 마지막 순간에야 결심이 섰다.

나는 물었다.

"벌써 누군가 친구를 찾았어?"

그 질문에 오텔로는 분명 만족감을 드러내며 물론 그렇다고 답했다. 베네치아 출신으로 매우 호감을 주는 애를 만났고, 그와 함께 공부하기 시작했다고. 이름은 레오나르도 알베라야. (아버지는 백작이야!) 이탈리아어, 라틴어, 그리스어에 있어서도 '역시' 아주 뛰어나. '하지만' 특히 수학과 기하학에서는 누구도 그애를 능가할 수 없을 거야, 장담해. 네가 이따금 시나 단편소설을 쓰듯이, 마찬가지로 걔는 손쉽게 아주 복잡한 삼차방정식을 자유자재로 풀어. 정말 대단해! 그런 머리로는 나중에 과학자나 발명가가 되고도 남을 거야. 한마디로 '마르코니[†] 같은' 애야……

이제 내가 이어서 하려는 이야기가, 예수공현대축일이 지난, 1월 8일 학교가 개학했을 때, 실제로 일어났던 일인지 확실하게 단언할 순 없다. 아마 그랬던 것 같다. 어쨌든 어느 날 아침 일찍 종이 울리기 반시간 전에, 나는 전혀 발을 들여놓은

---

* 페라라 출신 르네상스 시인 루도비코 아리오스토(1474~1533)의 대표 서사시로 무려 38,736행에 달하는 방대한 작품이다.

† Guglielmo Marconi(1874~1937). 이탈리아 물리학자로 무선통신 발명으로 유명하며 1909년 노벨상을 받았다.

적이 없던 예수교회로 들어갔다. (교실에서 과제를 할 때든 중요한 질문에 봉착한 때든 매 순간 언제나, 오텔로는—내가 그를 동정하며 속으로 생각했듯—'신들의 분노를 달래기' 위해 그곳에 갔고, 나는 입구까지만 따라갔을 뿐 그 문턱을 넘어간 적은 없었다.)

교회는 황량해 보였다. 나는 관광객처럼 고고하게 오른쪽 측랑으로 천천히 나아갔지만, 위쪽의 커다란 창문들을 통해 들어오는 햇살 때문에 제단들 위에 있는 거대한 바로크 유화들을 제대로 알아보기 힘들었다. 마찬가지로 옅은 어둠 속에 잠긴 익랑에 다다른 나는 햇살이 넘치는 왼쪽 측랑으로 건너 갔다. 거기에 모여 있는 수상한 뭔가가 있어 나의 관심을 끌었는데, 조용하고 정적인 사람들이 두 개의 작은 출입문 중 두번째 문 옆에 무리지어 있었다.

누구지? 알아볼 수 있을 만한 거리에 도착해보니 살아 있는 사람들이 아니라 조각상이었고, 실물 크기로 나무를 조각해 색칠한 인물상들이었다. 유명한 〈장미의 통곡자들〉로, 어릴 적에 말비나 아주머니와 몇 번이나 보러 가곤 했던 바로 그 조각상이었다. 아주머니는 친척 중 유일한 가톨릭교도였다. (한데 그때는 그 상이 예수교회가 아니라 아르마리 거리의 장미교회에 있었는데, 나중에 옮겨온 모양이었다.) 다시금 나는 더없이 잔혹한 그 장면을 바라봤다. 죽은 그리스도의 창백하고 초라한 몸이 맨땅에 길게 누워 있고, 주위에는 달려온 친척들과 지인들이 돌처럼 굳은 침묵의 몸짓과 말없이 찌푸린 표정으로 비명을 내지르지도 못한 채 끝도 없이 눈물을 흘리고 있었으니, 성모마리아, 성 요한, 아리마태아의 요셉, 시몬, 막달레나, 그리고 두 경건한 여인이 그들이었다. 그렇게 바라보며 나는 말비나 아주머니를 떠올렸다. 아주머니는 이 광경 앞에서 하염없이 눈물을 흘리곤 했다. 결혼 안 한 여자가 쓰는 검은 숄을 눈 위로 끌어올리고 무릎을 꿇은 채로, 불본 (그녀가 그랬으면 싶었겠지만) 세례받지 않은 조카를 자기 옆에 무릎 꿇게 하진 못한 채로.

마침내 나는 정신을 차렸고 나가려고 몸을 돌렸다.

바로 그때 저쪽 중앙 신도석 한 곳에 단정한 자세로 무릎을 꿇고 있는 카를로 카톨리카가 눈에 들어왔다.

내 순간적인 첫 행동은 그를 방해하지 말고 눈에 띄지 않게 나가자는 것이었다. 하지만 반대로 나는 두방망이질하는 가슴으로 살금살금 왼쪽 측랑을 따라 그와 나란한 곳까지 갔다.

그는 책가방을 옆에 가까이 놓고, 모은 두 손에 맑고 멋진 이마를 기댄 채 기도를 하고 있었다. 매일 학교에서 보는 모습 그대로, 세밀하게 각인된 도저히 해독할 수 없는 옆얼굴이 내게 보였다. 왜 우리는 친구가 아닐까? (나는 괴로운 마음으로 자문했다.) 왜 우리는 친구가 될 수 없지? 혹시 나를 아직 충분히 헤아려보지 못해서일까? 아니, 그건 아닐 거야. 아무리 볼디니와 그라시가 훌륭하고 영리하대도 분명히 나보다 더 뛰어난 것은 아니다. 그렇다면 종교 때문일까? 그것도 아니지. 나와 오텔로 사이에 종교의 차이는 전혀 문제가 되지 않았다. 오히려 포르티네 집은 모두 매우 독실하고 가톨릭 조직에서 열심히 활동했지만(포르티 변호사는 빈첸시오회*의 회원이었고, 주세페 형도 이 년 전에 가입했다) 누구도 내가 유대인이라고 느끼게 한 적이 없었다. 게다가 카톨리카의 부모가 유달리 더 독실한 신자도 아니었다. 그렇다면 왜? 무엇 때문일까?

카톨리카는 일어나 성호를 그었고, 나를 보았다.

"어! 여기서 뭐하고 있어?" 그가 내게로 와서는 낮은 목소리로 말했다.

나는 엄지로 가리켰다.

"〈장미의 통곡자들〉을 보고 있었어."

나는 어릴 때 장미교회에서 여러 번 봐서 잘 안다고 설명했다. 그리고 조각상 쪽으로 돌아가면서 말비나 아주머니와 그분의 충실한 신심에 대해, 그분이 교회들을 찾아다니시는데, 무엇보다 페라라에 있는 교회는 모두 가봤다는 이야기도 했다.

그는 흥미로운 모양이었다. 말비나 아주머니가 누구인지 알고 싶어했다. 혹시 네 어머니의 자매분이셔?[†]

"아니야, 할머니의 자매분이야." 내가 답했다. "마르키 가문 출신 외할머니의 자매지."

그사이 우리는 앞마당으로 나왔다. 아홉시 몇 분 전이었고, 앞마당과 보르골레오니 거리, 특히 과리니 건물 앞은 학생들

---

* 성 빈첸시오아바울로회. 프랑스의 청렴한 성직자 빈첸시오 아 바울로(프랑스어로는 뱅상 드 폴Vincent de Paul, 1581~1660)의 정신을 이어받아 가난한 사람들을 돕는 평신도들의 자선모임으로, 1833년 프랑스 파리에서 결성되었다.

† '아주머니zia'라고 번역한 이 단어는 원래 고모나 이모, 즉 부모의 자매를 가리키므로, 이에 유추해 어머니 쪽인지 먼저 묻고 있다.

로 가득했다. 우리는 예수교회의 붉은색 정면에 등을 기대고 있었다. 그리고 애들 중 누구도 우리를 발견한 것 같지 않았기에 계속 대화를 이어갔다. 처음이었다. 이 일은 나를 흥분시켰고, 말을 쏟아내게 하고, 신뢰를 얻고 싶은 마음을 자극했다.

우리는 종교 일반에 대해 이야기했는데, 그가 너희 '이스라엘인들'은 정말로 성모마리아를 믿지 않는지, 예수그리스도가 하느님의 아들이 아니라고 믿는 것이 사실인지, 아직도 메시아를 기다리고 있는지, '교회 안에서'도 정말로 모자를 벗지 않는지 등등을 내게 물어왔다. 나는 기꺼이 하나하나 대답했고, 불현듯 내 안에서, 그의 통속적이지만 무례하다고는 할 수 없는 평범한 호기심이, 내 기분을 상하게 한다기보다는 즐겁게 하고 나를 해방시킨다는 것을 느꼈다.

마지막에는 내가 그에게 질문을 하나 했다.

"실례가 아니라면, 너희는…… 그러니까 네 가족은…… 언제나 가톨릭교도였어?"

그는 잠깐 입술을 내밀어 자부심에 찬 미소를 지었다.

"그럴걸. 왜?"

"글쎄, 모르겠어. 카톨리카는 리초네 근처 고장이잖아…… 리초네와 페사로* 사이에 있는…… 그리고 유대인들은, 너도 알다시피, 다들 도시나 고장 이름을 따서 성姓을 짓잖아."

그가 굳었다.

"그건 네가 틀렸어." 그는 돌연 딱딱한 태도를 취하면서 냉

---

* 세 도시 모두 페라라 동남쪽 아드리아 해안의 휴양도시들이다.

담하게 대꾸했다. "많은 이스라엘인들이 도시나 고장에서 따온 성을 가진 건 사실이지. 하지만 모두는 아니야. 많은 사람이 그렇지, 레비, 코헨, 차모라니, 파실리, 리멘타니, 핀치, 콘티니, 핀치콘티니, 비탈리, 알그라나티 등. 하지만 대체 무슨 상관이 있지? 유대인 같아 보이는 성을 가졌지만 전혀 아닌 사람들의 예는 수도 없이 들 수 있어."

그때쯤 그는 목소리를 낮춰 이 주제에 대해 말하기 시작했고, 탐색을 이어갔다. 이번은, 적어도 지금 이번만은, 우리가 과리니 건물 현관으로 들어가, 교실까지 이어지는 긴 복도를 지나, 마침내 교실 안 우리 책상에 도착하기까지, 우애 좋은 두 친구처럼 발걸음을 맞춰가며 걸을, 우리에게 주어진 기회였다.

4

　다시 수업이 시작되고 첫번째 월요일, 루차노 풀가가 왔을
때를 나는 또렷하게 기억한다.

　모두 자기 자리에 앉아 있었다. (월요일 두 시간은 구초 선
생님이 어김없이 과제를 내주는 것으로 시작됐지만, 그 '최고'
선생님은 매번 거의 아홉시 십오분까지 복도 끝 커다란 창가
에 머물러 있는 걸 좋아했고, 분명 그 선생은 예수교회의 애프
스 아래 풀이 무성한 마당을 관조하는 데 몰두해 있었다.) 그
런데 문에, 선생님의 거대한 몸집 대신, 녹색 스웨터, 무릎까
지 오는 짧은 회색 바지, 갈색 긴 양말 차림의 자그마한 금발
소년이 나타났다. 누구지? 팔에 책 한 권 끼고 있지 않았지만,
분명히 새로 온 애였다. 어쨌든 문 안으로 슬며시 들어오더
니 망설이듯이 멈춰서서 파란 눈으로, 높은 산의 빙하처럼 차
갑고 짙은 파란색 눈으로 빈자리를 찾고 있었고, 나는 매부리

코에 작고 말라빠진 도요새 다리를 한 그애 모습에 이내 거부감을 느낀 동시에 둥지를 찾으려는 불안 섞인 그 바람에 연민을 느꼈다. 나는 그를 지켜봤다. 조르조 셀미 옆에 아무도 없는 것을 보고(그날 키에레가티는 결석했다) 먼저 그 첫 줄 두 번째 책상에 앉으려고 했다. 하지만 거부당했다. 셀미가 곧바로 설명해주길, 이 자리는 비어 있는 것이 아니라 오늘 '결석한' 사람 자리이며, 그가 내일이나 모레 다시 학교에 나오면 분명히 쫓아낼 것이라고 했다. 그러자 그는 그 즉시 일어났다. 연약한 모습, 하얀 셔츠 깃 바로 위쪽으로 목이 반쯤 졸린 채 떨리는 야윈 목울대를 가진 그는 다시 주위를 둘러보았고, 마침내 여자애들 줄 끝에, 바로 내가 처음에 스스로 망명해갔던 그 빈 책상을 발견했다. 그는 둘째 줄과 셋째 줄 사이의 통로를 재빠르고 단호한 걸음으로, 마침내 항구를 발견한 사람처럼 자기 앞을 똑바로 바라보며 걸어갔다. 비록 땀에 젖기는 했지만. 조그마한 땀방울이 약간 옴폭하게 굴곡진 윗입술 가장자리를 따라 피부에 송골송골 맺혀 있었다. 그리고 그 땀방울이 맺힌 모습은 (그가 거의 스치듯이 내 곁을 지나갈 때 순간적으로 봤는데) 또다시 내게 막연히 혐오감을 주었다.

구초 선생님이 교실에 들어온 후 일어난 일도 잘 기억하고 있다. 선생님은 새로 온 학생을 오랫동안 신문했고("세상에! 학생은 누구죠? 혹시 자유청강생인가요?"로 시작됐다) 그애는 폭군 앞에서 "루차노 풀가입니다" 하고 대답하고는 외판원처럼 볼로냐 사람 특유의 유창하고 설득력 있는 언변을 내보였고, 반 애들은 떼로 웃으며 비열하게 구초 선생님의 말에 구

구절절 힘을 실었다. 결국 나는 달랑 만년필 하나만 들고 학교에 오는 짓을 저지른 고 불쌍한 녀석을 도와주러 갔다. 그리하여 그에게 수업시간에 과제하는 데 필요한 필기 용지를 줬을 뿐 아니라, 자리를 옮기지 그러냐는 구초 선생님의 권유에 따라 '루차노 풀가 군'이 내 사전을 사용할 수 있도록 곧바로 그 맨 뒤 책상으로 옮기게 됐다.

풀가와 나란히 수수께끼 같은 그리스어 번역 문제를 푸는 데 몰두해 있던 그 첫 한 시간 반 동안, 나에게 찾아온 묘한 느낌이 잘 기억난다. 내가 자리를 옮기려는 순간, 구초 선생님은 ("용지를 건네주는 일까지 한 거니까, 이제 그다음 발길도 더 잘 옮겨놓을 수 있겠죠" 하고 덧붙이며) 사전이 언제나 책상 위에, 정확히 한가운데에 잘 보이게 놓여 있어야 한다고 했는데, 둘 중에 누구라도 베끼는 것을 막기 위해서였다. 그러거나 말거나 풀가는 원할 때마다 마음껏 베꼈다. 선생님이 잠시 방심한 틈을 타 솅클* 사전을 잽싸고 탐욕스럽게 곁눈질했는데, 그 기술을 보니 그렇게 완벽하려면 수년간의 연습과 오랜 경력으로 갈고닦았을 것이 분명했다. 그런데 그가 오로지 실수 없이 잘 베끼는 일에만 몰두하여 개인적인 판단 여부는 전적으로 접어두고 그토록 온전히 신뢰해서 내 것을 베끼고 있는 모습, 다시 말하자면, 그에 대한 쾌락과 반감이 교차하며 나를 복잡하고 꺼림칙한 감정으로 가득차게 했는데, 그때 실제로

---

* Karl Schenkl(1827~1900). 오스트리아 출신 고전 문헌학자로 학생들을 위한 고대 그리스어 사전을 편찬했다.

나는 그에 반발할 수도 없거니와 화를 낼 수도 없는 나 자신을 깨달았다.

정오에 학교에서 나오는데, 그가 다시 내 옆에 있었다.

서점에 같이 좀 가줄 수 있을까? 그가 물었다. 내가 다니던 볼로냐의 민게티 학교에서 쓰던 교과서랑 내용이 너무 달라서, (마치 자기 아버지가 이사할 돈이 충분히 없었다는 듯!) 불행하게도 말이야, 교과서 거의 전부를 다시 사야 하거든. 정말로 큰일이야. 조금씩 나눠 살 수 있다면…… 아니면 혹시 외상으로라도……

우리는 1월의 창백한 햇살을 받으며 함께 보르골레오니 거리를 거슬러올라갔고, 그동안 풀가는 정중하게 나를 오른쪽에 두고 걸으며 이야기를 계속했다. 구초 선생님이 교실에서 그의 가족과 학력에 대해 이미 거의 다 캤는데도, 이제는 오로지 나한테만 이야기한다는 투로 반복했다. 자기 가족은 리차노인 벨베데레에서 왔는데, 볼로냐에서 팔십 킬로미터 정도 떨어진 그 산골마을에서 자기 아버지는 의사로서 거의 십 년 동안 보건소를 운영했고, 자신은 리차노에서 초등학교를 다녔으며, 포레타테르메에서 중학교 하급과정을 마쳤고, 상급과정은 볼로냐를 매일매일 기차로 오가면서 마쳤으며, 마지막으로 어머니와 아버지, 두 아들, 이들 네 가족은 이번에 '페라라 지방으로' 이사한 것 때문에 예기치 않게 심각한 어려움에 빠졌다는 것이었다. 생각해봐, 아직 집도 없다니까!

"아니, 어떻게!" 나는 깜짝 놀라 외쳤다. "집도 없다고? 그러면 어디서 자?"

"저기 데스테 성 뒤쪽 커다란 광장에 있는 트리폴리 호텔에서."

나는 트리폴리가 어떤 종류의 호텔인지 잘 알고 있었다. 호텔이라기보다는 삼류 식당으로, 정오가 되면 농부들과 광장의 중개상인들이 들락날락거렸고, 저녁에는 우리 어머니가 '더러운 여자들'이라고 부르는 여자들이 출입했다. 객실은 위쪽 이층과 삼층에 있었다. 업소 주인은 (작고 뚱뚱한 남자로 목덜미까지 중산모를 넘겨 쓰고 금니에는 이쑤시개가 물려 있고 여름이면 셔츠 차림으로, 거의 언제나 입구 옆 주방 의자에 걸터앉아 있었다) 주로 시간 단위로 방을 빌려줬고, 자기 주머니에서 열쇠를 직접 꺼내주곤 했다.

"물론 고급 호텔은 아니야." 풀가가 말을 이었다. 그리고 낄낄거리며 덧붙였다. "웬걸 밤에는 상당히 분주하지. 하지만 얼마나 비싼지! 우리 네 식구가 음식과 숙박 포함해서 하루에 얼마나 쓰는지 아니?"

"모르겠어."

"오십 리라야."

"많은 거야?" 나는 확신이 없어 물었다.

"많냐고? 계산해봐. 오 곱하기 삼은 십오야. 한 달이면 모두 천오백 리라야. 많은 것 같지 않아? 코로넬라에서 아버지가 보건소 의사로 일하면서 한 달에 기본급으로 정확히 천 리라를 받는 걸 생각하면……"

나는 걱정이 됐다.

"그러면 너희 가족은 어떡해?"

"글쎄…… 기본 봉급이 천 리라야. 거기에 왕진과 수술이 있고. 무엇보다 수술이 있으니까. 하지만 시골사람들은 돈을 꺼내느니…… 차라리 죽기를 원할 거야! 그리고 페라라 종합병원과의 경쟁은 어떻겠어? 코로넬라는 도시랑 너무 가까워. 십 킬로미터는 아무것도 아니잖아."

갑자기 그가 미동도 없이 차가운 파란색 눈으로 나를 응시했다.

"그런데 저기, 네 아버지는 직업이 뭐야?"

"우리 아버지도 의사야. 하지만 의사 일은 안 해." 나는 당황하며 말했다.

"의사 일을 안 한다고?"

"안 해. 이따금 왕진은 하지. 하지만 무료로…… 친구들을 위해서. 일 년에 두어 번은 도시 밖에서도 불러. 할례 때문에." 나는 어렵게 덧붙였다.

그는 이해하지 못했고, 몸을 돌려 나를 바라봤다. 하지만 곧바로 다시 말했다.

"아, 그렇구나…… 그러니까 너희 집은 부동산 수입으로 사는 모양이구나."

"그런 것 같아."

로마 대로의 말파티 서점에서 그가 찾는 교과서는 모두 매진이었다. 주문해야 하는데 시기가 지나서 책이 도착하는 데 보름은 걸릴 것이라고 점원이 설명했다.

그 정보에 그가 발끈하리라 생각했다. 하지만 오히려 그는 안도했다. 최소한 나에게는 그렇게 보였다. 서점의 온기 때문에 코와 입 사이에 또다시 맺힌 땀방울을 손수건으로 닦아내며, 그가 책 목록을 점원에게 건넸다. 보름 후에 다시 들르겠다고 말하고는, 앞장서서 출구로 향했다.

그는 나를 집까지 바래다주려고 했다. 거의 한시였다. 나는 그러지 말라고 말리면서, 스칸디아나 거리는 멀고, 만약 나를 바래다주면 두시 전에 호텔에 못 돌아갈 거라고 말했다.

"아, 걱정하지 마!" 그는 웃으면서 외쳤다. "식당에는 최소한 이런 멋진 점이 있어. 원할 때 먹으면 된다는 것이지."

"너는 가족들과 함께 먹지 않아?"

"물론 함께 먹지…… 원칙적으로는. 하지만 아버지는 보건소가 끝나고 저녁이 되어야 시골에서 돌아오시고, 또 어머니는 아파트를 찾으러 노상 돌아다니시기 때문에…… 간단히 말해 우리는 결국 저녁식사나 함께하고 끝이야. 너에게는 이상해 보이지?"

그는 나를 바라봤고 조금 튀어나온 턱을 한쪽으로 비틀면서 웃었다. (아버지가 으레 말하던바 분명 '심술쟁이' 같은 티가 났다.) 의심할 바 없이 그는 나를 질투했고, 우리 가족의 부르주아적 안정감, 경제적 안전, 사회적 신분을 질투하면서도 동시에 약간 나를 경멸했다.

아마 그런 자신을 들킬까 두려웠던 모양이다. 갑자기 그는 교실에서 과제할 때 도와준 데 대해 진심 어린 표정으로 나에게 고맙다고 말하기 시작했다. 네가 도와주지 않았다면 내가 어떻게 해냈을지 모르겠어, 구초 선생님 같은 부류에게 첫인상은 그야말로 엄청나게 중요한 거잖아. 그런데 구초 선생님한테 말해서 네가 내 옆 맨 뒤 책상으로 아예 옮기면 어때? 아니면 아예 옮기진 않더라도 최소한 내가 책을 모두 구할 때까지만이라도? 네 짝 카톨리카는 아주 착하고, 아주 교양 있는 애 같아. 보나마나 훌륭하겠지, 그래, 진짜로 훌륭할 거야. 하지만 나더러 굳이 말하라면, 호감이 가질 않아. 혹시 되게 잘난 체하지 않아? 행동이나 주변 사람을 바라보는 태도로 보면 분명히……

그가 입을 다물었다.

"너를 기분 나쁘게 하려던 건 아니야." 내 눈치를 살피며 그애가 덧붙였다. "아마 너희는 아주 친한 친구겠지…… 엄청 친하지?" 그애는 궁금한 표정으로 물었다.

나는 시선을 피했다.

"아니, 특별히 그렇지는 않아." 내가 답했다.

나는 이어서 말했다. 교과서라면 내가 학교에서 언제나 빌려줄 수 있으니까 걱정하지 마. 하지만 옆으로 옮기는 문제는 바라는 대로 해줄 수 있을지 모르겠어. 카톨리카와 굉장히 잘 어울리는 것은 아니야. 하지만 벌써 두 달 이상 함께 있었고, 이제 와서 떠나기는…… 어쨌든 우리는 상당히 사이좋은 짝이야.

"그런데 너는 집에서는 숙제를 누구랑 하니? 카톨리카랑?"

"아니. 혼자 해."

우리는 거의 다 왔다. 마다마 거리에서 산타마리아인바도 광장으로 나왔고, 스칸디아나 거리 쪽으로 돌았다. 저기 저 아래에 제방 같은 건 뭐야? 걸어가는 동안 풀가가 물었다. 그러면서 팔을 들어 안개 속에 스칸디아나 거리 끝과 맞붙은 듯 보이는 어슴푸레한 몬타뇨네 공원의 가장자리를 가리켰다.

나는 집 대문 앞에 멈춰섰고, 초인종을 누르고, 몬타뇨네가 어떤 곳인지 설명하려고 몸을 돌렸다. 하지만 그는 벌써 다른 것에 정신이 팔려 있었다.

"맙소사!" 그는 진지하게 외쳤다. "완전히 궁전이네!"

그리고 계속 올려다보며 도로 가운데까지 물러났다.

"모두 너희 가족 거야?"

"응."

"방이 엄청나게 많겠지!"

"음, 많지…… 이층과 삼층에 오십 개쯤 될 거야."

"너희 가족이 '몽땅' 쓰는 거야?"

"아니야. 우리는 삼층만 사용해. 이층에는 세입자들이 살아."

"그러니까 너와 네 가족이 방 스무 개에서 사는구나."

"대충."

"그런데 가족이 몇 명인데?"

"다섯 명이야. 아버지, 어머니, 그리고 삼남매인데 나와 남동생 에르네스토, 여동생 파니야. 그리고 가정부들도 세야지."

"몇 명인데?"

"두 명…… 거기에 반나절만 일하는 사람 한 명."

"방 스무 개! 난방비가 얼마나 많이 들까? 그리고 세입자들은?"

그 순간 대문 걸쇠가 열렸다. 나는 눈을 들었다. 어머니가 창문에 나타났다.

"왜 이렇게 늦었니?" 어머니는 풀가를 보면서 물었다. "빨리 와. 아버지는 벌써 식탁에 계셔."

"안녕하세요." 풀가가 가볍게 몸을 숙이며 인사했다.

"안녕."

"반 친구예요. 루차노 풀가."

"반갑구나…… 정말 반가워." 어머니는 미소지었다. "하지만 이제 들어와. 안 그러면 아버지가 화내실 거야."

어머니는 창턱에서 물러나 창문을 닫았다. 하지만 풀가는 여전히 갈 생각을 하지 않았다. 그는 대문으로 다가가, 천천히 열더니, 문틈으로 머리를 밀어넣었다.

"잠시만 들어가도 될까?" 그가 몸을 돌리며 물었다. "정원 한번 보고 싶어서."

그는 조용히 앞장서서 문턱을 넘어 들어갔고, 그러면서 스포츠 모자를 벗었다. 그러고는 정원 쪽으로 열린 현관 너머로 눈길을 고정한 채 발끝으로 두세 걸음 옮겼다. 나는 그를 바라봤다. 하얀색과 녹색 타일을 깔고 왁스를 칠한 널찍한 바닥 위로, 살짝 경직되어, 조심스럽게, 마치 늪지의 작고 외로운 새처럼 걸어가고 있었다.

그가 멈췄다. 계속 정면을 바라봤다. 말없이, 나에게 등을 돌린 채.

내 입술이 저절로 움직였다. 나는 말했다.

"오늘 오후에 나랑 숙제하게 다시 올래?"

5

어머니는 내가 새 친구를 찾아 기뻐했다.

첫날 오후부터 루차노를 마음에 들어했다. 어머니가 공부 방으로 들어왔을 때, 루차노는 벌떡 일어났을 뿐 아니라 어머니 손에 입까지 맞췄다. 그 행동으로 단번에 어머니를 매료시 켰다. 잠시 후 어머니는 (버터, 꿀, 딸기잼, 토스트, 조각케이크를 곁들인 특식이 차려진) 찻쟁반을 들고 돌아왔는데, 앉아서 우리가 간식 먹는 것을 지켜보면서 루차노와 이야기를 나눴고, 자상함을 듬뿍 담은 밤색 눈으로 그를 바라봤다. 그리고 그와, 그의 가족에 대해 묻고, 아버지의 직업적 변천에 관심을 보이고, 아침부터 저녁까지 아파트를 찾아 돌아다니는 그의 어머니를 함께 걱정하고, 손닿는 대로 돕겠다고도 했다. 불쌍한 부인! 어머니는 한숨을 쉬었다. 무엇이든 필요한 것이 있으면 전화하라고, 어머니 본인 뿐만 아니라 어머니 친구들까지 기꺼이 동원하겠다고 했다.

"네 친구는 참 착하더구나." 나중에 어머니가 식탁에서 말했다. "그애는 정말로 예의바르고 품행이 좋더라!"

"그애는." 이 말은 분명히 오텔로 포르티를 염두에 둔 말이었는데, 어머니는 늘 어떻게든 오텔로에게서 지나치게 '내성적이고' 또 '까다로운' 면을 찾아냈다. 나는 화가 나서 대꾸하지 않았다. 사실 그래. 나는 접시에 눈길을 둔 채 생각했다. 우리 집보다 언제나 몬테벨로 거리에 있는 오텔로네 집으로 공부하러 가는 것이 좋았어. 한데 그래서? 벨라리아 거리의 초등학교에서 론카티 선생님이 우리를 가운뎃줄의 첫번째 책상에, 바로 교단 앞에 함께 나란히 앉힌 이후로 내가 그 집에서 공부하는 것을 좋아하게 됐는데, 오텔로한테 무슨 잘못이 있지? 손에 입을 맞추거나, 처세하며 알랑거리거나, 굽실대는 것에 오텔로는 신경조차 쓰지 않았다. 하지만 그는 솔직하고 진지했다. 어쩌면 너무 지나칠 정도로……

풀가 부인은 전화를 했고, 어머니는 부인과 함께 나눈 이야기를 곧바로 들려주었다.

가늘고, 고단하지만 매우 호감 가는 목소리로, 부인이 감사의 말을 전했다고 했다. 우선 집은 이미 찾았고(레노 성문 밖, 볼로냐로 가는 도로, 코로넬로로도 통하는 도로변에 있는 집이었다) 그러니 그 문제는 이제 걱정하지 않으셔도 된다고. 하지만 루차노는! 부인의 가족 모두가 루차노를 위해 애써주는 것들을 자신과 남편이 어떻게 잊을 수 있겠느냐고.

"감사합니다. 정말 감사합니다, 부인." 부인은 말했다. "가구를 창고에 보관하는 비용이 어찌나 비싸던지, 저희가 아직도 가구 정리를 하는 중이니까 당장은 어렵지만 괜찮으시면 보름쯤 뒤에 저와 남편이 다시 전화하겠습니다. 제 남편 오스발도도 의사로서 남편분께 인사드렸으면 하더라고요!"

"의사로서?" 아버지는 찡그리며 투덜거렸지만, 누군가가 당신 학위를 기억해낼 때마다 그러하듯이 흡족해했다. "하지만 돈 부탁을 하지 않을까 싶은데……"

풀가 의사는 최소한 아버지에게는 전혀 돈을 부탁하지 않았다. 며칠 뒤에 우리 집으로 (혼자) 와서 단도직입으로 분명히 했다. 단지 '동료'를 알고 몇 마디 나누기 위해 왔다고. 그리고 자신에 대해 말하기 시작했다. 1908년에서 1913년 사이에 모데나에서 의학을 공부했고, 1914년에 결혼했고, 1915년에서 1917년까지 크라스*에서 싸웠고, 1918년에는 몬텔로†에서 싸웠지요. 1920년에 '살길이 궁해서' 리차노인벨베데레의 보건소를 맡게 됐고, 거기에서 근 십 년을 아주 힘들게 보낸 다음 벗어나 이곳 코로넬라 보건소를 맡게 됐습니다. 그리고 덧붙였다. 한데 코로넬라와 가까운 것만 빼면, 페라라의 의료 환경은 볼로냐처럼 편협한 파벌의 통제를 받고 있다는 인상도, 결과적으로 어떤 '침투'로부터도 밀폐되어 있어 폐쇄적이라는

* 이탈리아어로는 카르소. 슬로베니아 남서부와 이탈리아 북동부의 고원지대. 1915년 오스트리아-헝가리 제국에 선전포고를 하면서 뒤늦게 일차대전에 뛰어들었고, 이탈리아의 주요 전선 중 하나였다.
† 이탈리아 북동부 끝 트레비소 지방의 구릉지대로, 일차대전의 주요 격전지 중 하나였다.

인상도 전혀 주지 않는군요. 전 볼로냐 의사들, 늙은 박사 무리부터 스키아시, 니그리솔리, 푸티, 네리, 가스바리니까지 모두 알고 있다고 할 수 있지요. 특히 외과의사 바르톨로 니그리솔리는 우리 가족과 친구고요.

작은 키, 불그죽죽한 '청색증' 얼굴, 작은 코안경 렌즈 너머에서 반짝이는 '바제도병' 걸린 듯한 녹색의 툭 불거진 눈, 풀가 의사는 조금도 마음에 드는 구석이 없다며, 아버지는 잘라 말했다. 그 입놀림! 볼로냐의 이 사람 저 사람이 자기 친구고, 대학의 반, 산토르솔라 종합병원의 반이 자기와 가까운 사이라고 공언하고, 그렇게 입을 놀리면서 아무도 그냥 두질 않아! 이를테면 오늘날 아마 이탈리아 최고 외과의사일 바르톨로 니그리솔리는 언제나 반파시스트였어. 그가 자기 신념을 계속 지킨다고 나쁠 것이 뭐 있어. 그런데 오히려 풀가 의사는, 그의 가르침이 많은 젊은이를 '타락시킬' 위험이 있다면서 볼로냐 대학에서 쫓겨나기를 뻔뻔하게 바라다니(그러면서 동시에 자신이 그와 그의 가족의 친구라고 공공연하게 떠들다니) 정말이지 이 무슨 흉물스러운 짓거리야! 또 끝으로, 방문을 와서는 소파에 자리잡더니 세시 반부터 여덟시까지 있다 간다는 게 대체 말이나 되는 일이야? 제길, 멀리해야 한다고! 혹시라도 풀가 의사가 다시 전화하면 둘 중 하나로 말해. 내가 집밖에 나가 있다고 하거나, 아니면 아파서 침대에 누워 있다거나 깊이 잠들었다고 해.

하지만 루차노는? 루차노는 어땠던가?

물론 신체적인 면에서 가벼운 거부감을 안긴 첫인상이 남아 있었고, 일상생활을 함께한다고 그 인상이 지워지는 건 아니었다. 옷이나 몸은 분명히 깨끗한데도 그에게는 언제나 나를 혼란스럽게 만드는 뭔가가 있었다. 미미한 동요에도 윗입술 가의 연한 금발 솜털에 맺히는 작은 땀방울 때문일 수도 있고, 아니면 밀랍 같은 얼굴 피부의 사방에 흩어져 있는 점, 특히 관자놀이와 콧구멍 주위에 빽빽한 검은 점들 때문이거나, 아니면 z를 발음할 때 턱이 급격하게 옆으로 틀어지는 동작 때문이거나, 모르겠다, 손바닥을 이상하게 두둑하게 만드는 누런 굳은살이 박인 크고 마르고 어딘가 곱사등 같은 손 때문일 수도 있다. 그러나 나머지에 있어서는, 고백하건대, 무엇보다 처음부터 망명자로서 그가 보인 낮은 자세, 열등하고 보호받는 사람다운 완전한 복종은 나에게 도취에 가까운 만족감을 주었다. 오텔로와의 관계는 근본적으로 결코 쉽지 않았다. 그는 내 우월감을 참고 받아들였지만, 여러 방식으로 그 대가를 치르게 했다. 끊임없는 불평으로, 노새 같은 완강함으로 그랬고, 우리 집에 올 때, 그래도 몇 번 납시기는 했지만, 늘 마지못해하며 한숨 쉬고 씩씩거리면서 그랬다. 그런데 완전히 다른 유형의 녀석이 나타났고, 그에게 우리 집은 (첫날 내가 방마다 데리고 돌아다니며 구경시켜줬을 때 그가 한 말에 따르면) 세상에서 가장 멋지고 편안하고 아늑한 집이었고, 우리 어머니는 세상 모든 어머니 중에서 가장 친절하고 다정한 어머니였고, 나로 말하면, 숙제할 때는 용맹하고 명민한 괴물과도 같고, 독실한 침묵 속에 경청해야 할 신탁이었다. 그는 멍청하지도 무능하지도 않았고, 전학 와서 한 달 안에 구초, 크라우스, 비안키, 라체티, 역사와 철학 '담당' 등 모든 선생님을 상대로 치뤄야 했던 구술시험들도 필사적으로 방어해냈고—실제로 마찬티마저 마뜩잖아하면서도 5점 아래로는 점수를 매길 순 없었다—어려운 문제들을 내 편한 대로 풀게 놔두고, 내가 원하는 구절을 큰 소리로 구술하게 놔두었으니, 마지막에 가서는 자신이 크고 단정하고 약간 각진 여성스러운 글씨로 여전히 공책에 글을 적고 있으면서도 내게 인정의 감탄사와 존경을 담은 찬사를 퍼붓기까지 했다. "훌륭해!" "정말 모범이야!" "너처럼 그리스어를 술술 번역하는 애를 본 적이 없어!" "너는 복받은 사람이야!" 등등. 루차노 풀가와는 얼마나 평온하고, 어찌나 편안한지! 나는 생각했다. 루차노는 절대 끼어들지 않는 애고(실제로 번역하는 것은 언제나 나였고, 따라서 만약 어머니가 발끝으로 다가와 문 뒤에서 엿듣는다면, 옆방 마루널이 삐걱거리는 소리를 몇 번 들은 적도 있으니 아주 없을 법한 일도 아닌데, 어머니는 단 한 사람, 내 목소리만 들을 수 있었을 것이다), 오텔로와는 전혀 달라. 오텔로는 입만 열면 무조건 반대의견을 내는 애고, 악마의 변호인이었잖아! 하지만 오텔로는 제쳐두더라도, 한때 내가 바라던 대로 만약 카톨리카 무리에 들어가는 데 성공했다면, 내 삶이 절대 순탄하진 않았겠지! 학교에서 우리를 갈라놓은 경쟁심은 필수불가결한 두 측근인 볼디니와 그라시의 부추김으로 집에서도 경쟁이 계속됐을 거야. 그리고 그 집은 당연히 카톨리카의 집이었겠지. 그 점에 있어서는, 공부하기 위해 어디서 모일지에 대해서라면, 논의의 여지도 없었을 테니까. 그의 집으로 가거나, 아니면 혼자 하거나. 잡거나, 아니면 놓거나……

루차노는 날마다 오후 네시에 왔고, 일곱시 반이나 여덟시가 되어야 갔다. 하지만 우리가 내내 공부만 한 것은 아니다. 간식을 먹는 반시간을 제외하고 이따금 우리는 쉬면서 잡담을 나누었다. 그리고 그 시간은 루차노가 결정했다. 그는 갑자기 활기 넘치는 권위적인 태도로 피곤해진 내 불쌍한 두뇌에 휴식이 필요하다고 선포했다가, 내가 충분히 쉬고 기분전환을 했다는 생각이 들면 나에게 다시 공부를 시작하라고 권고했다.

쉬는 중에는 내가 기분이 좋고 머리를 식히며 재미있어 하도록 최상의 노력을 쏟았다. 그는 나에게 많은 것을 빚지고 있었다. 첫날부터 내가 그를 보호해주었고, 지금도 여전히 교과서들을 빌려줬고, 우리 집에서 후하게 대접하고, 숙제도 실질적으로는 내가 해주는 셈이었다. 그리고 그는 마치 이렇게 말하는 듯했는데, 자기가 여기서, 내 존재, 격려가 되는 나의 목격자로서, 초라하지만 아마 멸시할 수는 없을 선물로 나에게 이렇게 보상하고 있지 않으냐고 말이다. 이게 별것 아니라고? 물론 대단한 것도 아니다. 하지만 한 가지는 확실히 알아야 했다. 그가 그 이상을 줄 수는 없었다.

그는 아무것도 내세우지 않으려고 조심했다. 자신은 야망이 없다고, 자기로서는 그저 '5점과 6점 사이에 매달린 자들의 림보*에 유배된 채로 남아 있으면 족하다고 거듭 공언했다.

---

* 가톨릭에서 죄를 짓지 않았고 덕성도 있지만 예수그리스도를 몰랐거나 세례

왜냐하면 (그는 미소지었다) 좋은 일로든 나쁜 일로든 주목받고, 좋게든 나쁘게든 널리 알려지면, 나중에 결국 '대가를 지불해야' 하기 때문이라는 것이다. 마치 이렇게 말하는 것 같았다. '나는 보잘것없어, 아니, 사실 보잘것없는 정도도 안 되는 거 알아.' 그러나 그는 학교에 대해 말하면서, 예를 들어 나를 대하는 마찬티의 공평함을 의심하거나(그에 의하면 마찬티는 나와 카톨리카 사이에서 뻔뻔하게 카톨리카 '편을 든다'는 것이다), 아니면 거기 맨 뒤 책상, 그러니까 분명히 희생자의 자리지만 장점이 없지 않은 자리에서 보자면, 뛰어난 학생이 되기 위해 영광스럽지만 하찮은 일상적 노고와 경쟁, 싸움에 휩싸인 내가 가질 수 있는 시야보다 훨씬 더 명료하고 객관적인 시야로 교실을 바라볼 수 있다는 점을 이해시키기도 했는데, 그 말하는 방식, 그 모든 문장에는, 자신이 나에게 유용하다는, 아니, 꼭 필요하다는 확고한 자신감이 내포되어 있음이 느껴졌다.

내가 기뻐하리라는 확신으로 그는 기회가 있을 때마다 카톨리카에 대해 나쁘게 말했다.

그가 보기에, 카톨리카는 잔뜩 부푼 풍선에 불과했다. 여기 있는 사람은 일단 제외하고, 볼디니 같은 애나 조르조 셀미 같은 애랑 카톨리카의 지능을 비교할 수나 있겠어? 사실 볼디니는 일등에 매달리지 않아(졸개 노릇도 소명이니까!). 그리고

를 받지 않은 영혼들이 있는 곳. 단테는 림보의 영혼들을 가리켜 "매달려 있는 자들"이라고 불렀다.(『신곡』「지옥」 2곡 52행 참조)

셸미는 더더욱 그래. 그는 평균 7점 이상이면 등록금 절반을 면제받기에 충분하고 다른 건 바라지도 않지. 키에레가티 같은 부류지만 훨씬 더 영악하고 조직적인 노력파, 그게 바로 카톨리카야! 그리고 실제로, 멍청이가 아닌 구초 선생님은 라체티나 크라우스 선생님처럼 기억력을 과시하는 거에 현혹되지 않으니까, 조금이라도 평범함에서 벗어난 대답을 찾을 때에는 대개 카톨리카를 놔두고 누구에게 질문해야 할지 잘 알지…… 그래, 네가 과학 과목들에 굉장한 소질이 있는 건 아니지. 아니, 보다 정확하게는 넌 네가 좋아하는 과목들, 이탈리아어, 라틴어, 그리스어 등에만 확실히 몰입할 수 있지. 하지만 네가 조금만 열심히 해도 충분히(작년 수학 추가시험에서 혹시 8점으로 통과하지 않았어?) 그리고 더 나아가서는 수학, 물리학, 자연과학에서도, '카톨리카 군'이 참패하게 될걸. 내가 장담해.

"아니야, 그렇지는 않아." 나는 미약하게 반박했다. "나는 수학을 전혀 이해하지 못했어."

"너는 이해할 마음이 없었기 때문에 이해하지 못했을 뿐이야."

"그럴지도 몰라. 하지만 결국 마찬가지 아니야?"

"마찬가지가 아니야. 능력과 의지는 서로 다른 거지."

"하지만 내 생각으로는 두뇌 문제야. 두뇌 구조가 맞지 않아서 그래."

내가 미소지으며 이 말을 내뱉자, 루차노는 벌떡 일어나 반발했다. 네가 그런 어리석은 주장을 하다니! 바로 네가!

진지하고 강경하며 동시에 존경을 담아 나를 바라보는 태도에서, 나는 그가 우리 민족의 수학적 자질을 나에게 상기시키려 한다는 것을 깨달았다(우리 아버지도, 자신이 숫자를 다루는 데 능숙했을 뿐 아니라 우리 유대인들이 세상에서 가장 뛰어난 수학자라고 확신하면서, 상당히 진지하게 내 부족한 소질을 마리아 할머니의 농부 핏줄 탓으로 돌렸다). 어쨌든 나는 이해하지 못한 척했고, 그렇게 이야기를 끝냈다.

그러나 그가 옳았다. 그는 조금씩 나에게 꼭 필요한 존재가 되어가고 있었다. 그리고 2월 말에 눈 때문에 그가 약속에 늦은 어느 오후를 나는 기억한다.

예상치 못한 눈이 아침 아홉시 반 무렵 쏟아지기 시작했다. 자그마한 눈송이들이 고요하게 침침한 예수교회를 배경으로 천천히 가만가만 미끄러지는 모습을 교실 안에서 바라보다, 나중에 밖으로 나와 보르골레오니 거리가 온통 하얗게 뒤덮인 광경을 마주하니 얼마나 아름답고 감동적이던지! 으레 그렇듯 소동을 피우며, 밖으로 나오자마자 한바탕 눈싸움이 벌어졌고, 그러다가 이번은 나와 루차노가 서로의 시야에서 사라지기도 했지만, 그게 중요한 건 아니었다. 네시에 평소처럼 우리가 다시 만날 걸 알고 있었으니까.

점심시간 후에 눈발은 줄어들지 않고 오히려 더 굵어졌다. 다섯시였고, 이상하게 불안해진 나는 벌써 루차노가 멀리 떨어진 보아리오 광장 구역에서 스칸디아나 거리까지 걸어서는 올 수 없었는지 자문해보고 있었다. 오늘은 아마 올 수 없을 거야. 나는 창밖을 내다보며 속으로 말했다. 아마 혼자 공부를 시작하는 게 나을 거야.

나는 책상에 앉아 공책과 책을 앞에 펼쳐놓았지만 집중할수 없었다. 풀가네 집에는 아직 전화가 없었다. 하지만 그가정말로 오지 않을 작정이었다면, 어쨌든 나에게 알릴 방법을찾았을 것이다. 집에서 오십 미터 정도 떨어진 약국까지 가서전화해도 됐다. 급한 일이 있을 때마다 풀가 가족은 그 전화를이용했다. 그가 나에게 그렇게 말했다.

다섯시 십오분에 나는 다시 일어나 창문으로 갔다. 밖은 벌써 어두웠다. 만약 내가 루차노의 집으로 갔다면? 무엇보다그랬어야 옳았다.

나는 창문을 열었다. 몸을 내밀고 공기를 들이마셨고, 아래를 내다봤다. 눈은 계속 내리고 있었지만, 이제는 보다 약해졌고, 노르스름한 가로등 불빛 주위로 아무런 무게 없이 내리는것이 춤추는 먼지 같았다. 아래 도로에는 평평하고 두툼한 순백의 이불이 도드라진 모든 것을 고르게 만들며 뒤덮여 있었다. 자갈포장길도 없고, 보도도 없었다. 아무것도 구별되지 않았다.

그리고 저 아래에서, 나는 순간 루차노를 알아봤고, 내 심장은 미친 듯이, 언제나 그렇듯이 기쁨과 거부감이 뒤섞여 미칠듯이 고동치며 목구멍으로 튀어나올 것 같았고, 그렇다, 루차노가 바로 그 순간 재빠르게 대문으로 들어오고 있었다.

6

　초기에 루차노는 나를 기분좋게 해주려고 언제나 끊임없이 샘솟는 두 가지 레퍼토리를 펼쳤다. 볼로냐 사투리로 우스갯소리 하기, 아니면 어릴 때 기억에서 이야깃거리를 찾아내기. 둘 다 웃겼다. 리차노인벨베데레와 (포레타, 비디차티코, 라마돈나델라체로, 일코르노알레스칼레 같이 금세 친숙해진 이름들인) 그 주변 산골마을들을 중심으로 한 모든 이야기에서, 그는 변함없이 주인공이었다. 자기 아버지나 어머니, 동생 난도와 관련된 이야기에서도 그랬다. 그에게 주어지는 역할은 전혀 변하지 않았다. 언제나 영리하고 유능하고 교활한 역할이었고, 두뇌회전뿐 아니라 손과 발도 재빨랐다. 아마 순전히 지어낸 이야기, 허구에 지나지 않았을지도 모른다. 어쨌거나 나는 즐거웠다. 리돌리나*나 찰리 채플린의 코미디를 구경하는 것 같았다. 그리고 루차노도 자신의 작품이나 그것이 가져

다준 성공에 만족하는 것 같았다.

그러다 나중에 전환점이 있었다.

격렬한 폭풍우가 몰아치던 3월 어느 날 저녁이었던 것 같고, 우연히 벌어진 일이었는데, 그후로 그의 이야기 유형이 완전히 바뀌었다.

일곱시에 그가 자리에서 일어났다.

"가는 거야?"

"그게 좋을 것 같아."

"함께 저녁 먹을래? 괜찮으면, 어머니께 가서 말할게."

그는 나를 바라봤다. 벌써 끈으로 책들을 묶고 있었지만 멈췄다.

"고마워…… 정말 고마워……" 그는 여느 때보다 심하게 턱을 옆으로 비틀며 더듬거렸다. "하지만 방해하고 싶지 않아."

"무슨 말이야! 바로 다녀올게."

나는 일어났고 문으로 달려갔다.

"잠깐만!"

나는 돌아섰다. 책상 전등 옆에 서 있는 그는 평소보다 창백해 보였다. 짙은 파란색 눈은 골격이 두드러진 작은 얼굴에서 깊고 둥글게 그늘져 있었고, 불빛에 코는 구부정하고 이마는 작은 손가방 같았다.

"놔둬. 집에서 나를 기다리고 있어."

* 무성영화 시대 미국의 영화배우 래리 시먼(Larry Semon, 1889~1928)이 분한 우스꽝스러운 광대.

나는 그의 집이랑 가까운 약국으로 전화하면 된다고 우겼다.

"그래, 좋아, 하지만 저녁 먹고 나서……" 그는 여전히 나를 바라보며 주저하듯 말했다. "……여기서 잘 수도 없잖아."

나는 망설였다.

"왜 안 돼?" 나는 힘겹게 말하며 책상으로 돌아왔다. "내 침실에 간이침대 하나는 충분히 들어가."

그는 대답하지 않았다. 창문으로 다가갔고, 유리창 너머를 살폈다.

"아직도 비가 와?" 나는 물었다.

"좀 덜 내려."

그는 다시 방 가운데로 돌아와 소파에 앉았다.

"결국 트리폴리 호텔에 머물 때가 훨씬 나았어. 보아리오 광장 쪽에 살면 여름에는 멋지겠지만 겨울에는 리차노보다 더 나빠. 벽은 새것이지만 얼마나 춥고 습기가 차는지!"

나는 난방장치가 없느냐고 물었다.

그 질문은 별것도 아닌 시시한 질문이었다. 하지만 그에게 질문을 던진 순간, 무언가 나에게 우려할 만한 것이, 그게 뭔지는 몰라도, 불현듯 닥쳐온다고 알렸다. 갑자기 나는 그때까지 우리가 넉넉히 거리를 두고 있던 내밀함, 내가 어떻게든 거부해야만 하는 내밀함을 향해 미끄러져들어가고 있음을 느꼈다.

그러나 이제 너무 늦었다. 이미 루차노는 어떻게 자기 아버지가 현재 자신들의 경제적 능력으로는 엄두도 못 낼 난방기

대신, 베키* 질그릇 난로 두 개를 구입했는지를 설명하고 있었다. 그런 유의 난로는 물론 배기 연통이 직선으로 올라갈 경우에는 아주 잘 작동한다면서. 그런데 그의 아버지, 언제나 그랬듯이 그 '멍청이 고집쟁이'는 어느 날 갑자기 연통을 이 방에서 저 방으로 중간 높이로 지나가게 만들기로 결심했다. 그 결과 종이 한 장만 태워도 곧바로 집은 연기로 가득했고, 질식해 죽을 지경이라고 했다.

나는 깜짝 놀랐다. 그 '멍청이 고집쟁이'라는 표현과 함께 그가 갑자기 모든 신중함과 조심스러움을 내팽개쳐버렸기 때문이다. 일이 어떻게 되어가는 거지? 나는 놀라서 자문했다. 대체 무슨 일이 일어나고 있는 걸까?

풀가 박사가 우리 아버지에게 남긴 최악의 인상을 떠올리면서도 나는 옹호하려고 노력했다. 소용없었다. 루차노는 강도를 더했다. 자기 아버지는 멍청이일 뿐 아니라 인색하고 폭력적이라고 거듭 말했다. 나는 그가 말하게 놔두었다. 자기 아버지가 언짢은 기분으로 집에 돌아올 때 일단 먼저 건드리는 것은 언제나 가족이었다고 했다. 종종 모두를 때리기도 했다고.

이것 역시 지어낸 이야기나 공상일까? 그럴 수도 있다. 한편으로 이번에도 역시 중요한 것은 진실이 아니었다. 중요한 것은 그가 이야기할 때 어조가 바뀐 것, 갑작스럽고도 격렬하

---

* 19세기 후반부터 에밀리아로마냐 지방의 포를리에서 생산된 질그릇 난로의 상표.

게 불손한 태도, 버릇없고 신랄한 목소리.

"아니, 어떻게!" 나는 숨이 막혀 말했다. "네 어머니까지 때려?"

아, 그 망나니는 특히 어머니를 때리지! 루차노는 대답했고, 낄낄거리며 덧붙였다. 비록 분명히 '불쌍한' 어머니가 맞을 짓을 찾아다니지만 말이야. 결국 어머니는 맞는 걸 좋아해. 그게 진짜 진실이야. 그리고 아버지는 그 점을 완벽하게 이해하고 만족시켜주지. 할 수 있는 한.

그는 웃음을 터뜨렸다.

"사람 마음의 신비야! 혹시 너는 남자들만 역겨운 짓을 한다고 생각해? 천만에, 여자들도 그래, 여자들도!" 그는 소리쳤다.

그런 면에 있어서도 트리폴리 호텔이 더 낫다고 했다(펄펄 끓는 난방기도 있었으니). 삶을, 삶의 실제적인 현실을 '쓴 약에 단맛을 입히는 법 없이' 아주 정확하게 그려내니까. 너 혹시 그 뮐러라는 독일 이름을 가진 돼지 같은 주인이 언제나 아래 일층의 식당 계산대에 앉아 있는 걸 본 적 있어? '오후에 잠시 쉬러 온' 쌍들은 식당에 앉아 식사를 할 필요가 없다. 곧장 식탁들 사이로 돌진해 그에게 가면 되고, 주인은 두말하지 않고 바로 열쇠를 건네줘. 거기 오는 쌍들을 보면 얼마나 우스운지! 대부분 시골사람들로 광장에서 그들을 낚은 '매춘부들'을 뒤따라오는 거야. 하지만 때로는 도시의 젊은이들도 오는데, 척후병처럼 앞장서 들어와서는 열쇠를 들고 계단 위로 사라지지. 그럼 곧이어 일 분 뒤에 여자 '암평아리'가 '꼼짝없는 죄인처럼' 미끄러져들어오지. 암평아리? 천만에! 병아리 대신 마흔 먹은 '늙은 암탉', 어머니이거나 어쩌면 할머니일지도 모르는 여자들이, 가죽 같은 얼굴의 땀구멍이란 땀구멍에서 전부 죄를 쏟아내며 오는 꼴도 본다고. 여자들은 엔지니어, 변호사, 의사의 '배우자들'이었고, 그건 뭘 모르는 눈으로 봐도 알수 있어. 즉 상류사회의 귀부인들인데, 바로 그날 저녁 시립극장의 귀빈석 높은 곳에 모습을 드러내거나, 아니면 다음날 옷을 차려입고 대중 앞에서 뻔뻔하게 엉덩이를 흔들면서 카보우르 대로를 지나가겠지. 정말 웃기는 일이야!

책상 위의 자명종 시계는 일곱시 반을 가리켰다. 옆방에서 마룻널이 삐걱거렸다. 어머니가 문에 나타났고 흡족하게 우리를 바라봤다.

"이제 끝났어?" 어머니는 물었다.

나는 멍한 눈으로 쳐다봤다. 그렇다고, 끝났다고 답하면서.

언제나처럼 신속하게 루차노가 벌떡 일어섰다.

"저런!" 어머니는 동정했다. "이런 빗속에 다르세나 거리 너머까지 걸어가야 하다니! 우산은 있니? 고무장화는 있고? 남아서 함께 저녁식사를 하려거든 마음 편히 오렴."

"고맙습니다." 루차노는 대답했다. 그리고 나를 가리키면서 "하지만 얘한테도 말했듯이" 하고는 내게 고개를 끄덕여 보였다. "그러고 싶지 않습니다. 아버지와 어머니께서 제가 돌아오지 않으면…… 당연히 좋아하시지 않을 거예요."

어머니는 고집했다. 전화해서 허락을 받으면 되지 않아? 하지만 루차노는 설득당하지 않았다. 둘은 계속 대화했다. 루차노는 소파 옆에 서서 어느 때보다도 공손하게 격식을 차리고 있었고, 어머니는 문가에서 밤색 눈으로 그를 쓰다듬으며 말했다. 나는 앉아서 이쪽저쪽을 번갈아 바라봤다. 둘의 입술 움직임을 보고는 있었지만, 대부분 말을 이해하지 못했다. 나는 듣고 있지 않았다.

마침내 어머니가 물러났다.

"정말이지 어쩌나 재밌고 흥미진진했는지 모른다니까." 루차노는 문이 잘 닫혔는지 눈길로 확인하자마자 낮은 목소리로 다시 시작했다. "무엇보다 정말로 웃겨."

밤이면 트리폴리 호텔은 얼마나 멋진 바다의 항구가 되는지! 그는 계속했다. 나는 동생 난도와 함께 잤는데, 동생은 이불 밑에 들어가자마자 곯아떨어져 대포 소리도 깨우지 못할 정도고, 따라서 '그 멍청이'는 아무것도 듣지 못했고, 바로 옆방에서 부모가 매일 저녁 잠자리에 들기 전에 다투는 소리도 듣지 못했는데, 그 다툼은 대개는 마구 때리는 것으로 끝났고, 또 개는 얇고 약한 맞은편 벽을 통해 들리는 온갖 소음도 듣지 못했지. 그 너머에서는 쉴새없이 '작업'이 이뤄져. 밤새도록 신음, 한숨, 삐걱거림이 계속됐으니, 잠을 자고 싶다면 그야말로 재난인 거지. 하지만 도대체 누가 잠잘 생각을 하겠어? 오죽하면 그 멍청이 난도까지 전혀 잠잘 생각을 안 한 적이 있어. 밤늦게까지 잠옷 차림으로 귀를 벽에 붙이고 귀뚜라미처럼 깨어 있으면서, 목소리가 바뀌는 걸 들으며 '임무교대'를 파악하는 거야. 어떤 날 밤에는 옆방에서 차례로 다섯 쌍까지 바뀌더라. 이따금 일어나 보러 가기도 했고.

"보러 간다고?"

"물론이지. 옆방으로 통하는 문의 열쇠구멍으로 봐."

"그래서 뭘…… 뭘 봤어?"

"내가 뭘 봤느냐고? 어…… 매번 뭐가 보이는 건 아니고, 안타깝게도, 왜냐, 열쇠구멍 바로 앞에 침대가 똑바로 놓여 있거든. 그리고 너도 알다시피 더블 침대는 아주, 아주 높아. 하지만 맘놓으라고, 내가 뭔가 보긴 봤지!"

있잖아, 한번은 침대 등받이 위로 등이 솟아오르는 것을 봤어. 여자의 등이었는데, 위아래로 들썩이며 '아아 음, 아아 음' 하고 꼭 흔들목마를 타듯 오르내리던데. 또 한번은 두 사람이 벌거벗고 방 안을 돌아다녔고, 그래서 열쇠구멍으로 '앞쪽 뒤쪽'이 보였다 말았다 했지. 또 어느 쌍은 침대가 아니라 문 바로 옆의 바닥에서 했어. 그때는 아무리 눈을 아래로 내리깔아도 아무것도 볼 수 없었지만, 그 대신 유례없이 잘 들려서, 결국 그게 더 좋았지.

"어째, 더 좋아?" 나는 말을 더듬었다.

"물론이지, 백배 천배나! 신음이나 비명 참는 소리 말고 서로 하는 말을 들어봐야 해. 기가 막히지! 끝도 없다니까."

그 순간 가정부가 들어왔다. 식사가 준비됐다고 알려주었고, 루차노는 어쩔 수 없이 중단하고 가야 했다.

하지만 그날 이후 그는 점점 더 공부시간을 뺏으면서 그런 이야기로 돌아왔다. 나는 나약하고 수동적이었으며 반발할 수 없었다. 그는 그것을 이용했다.

그는 이런저런 책 중에서도 피에르 루이스의 『아프로디테』[*]

라는 굉장한 책을 읽고 있다고 말했다. 문학적 아름다움과 '몹시도 교육적인' 내용, 이 두 가지 점에서 굉장한 책이라고 했다. 한번에 단지 몇 페이지밖에 읽을 수 없고, 대부분 밤에 침대에서, 한 손은 페이지를 넘길 준비를 하고, 다른 손은 아래에서 이야기의 극적인 장면에 맞추어 '자루를 빠르게 흔들어 댈' 준비를 하고 읽는다는 것이었다.

"나한테 빌려줄래?" 나는 물었다.

"뭘?" 그는 낄낄댔다. "책?"

나는 고개를 끄덕였다.

"글쎄…… 책이라면……" 그는 반짝이는 하늘색 눈으로 나를 탐색했다. "빌려줄 수 있을지 모르겠어. 우리 아버지는 책을 많이 아끼니까. 어찌나 소중히 보관하는지!"

자기 아버지가 서재의 서가에 꽂아둔 그 책과 똑같이 흥미로운 다른 책들에 '손대기' 위해 그는 대개 밤에 집안 모두가 잠잘 때까지 기다려야 하고, 그다음에 전부 제자리에 돌려놓도록 유의해야 했다. 그런 '속임수'로 피티그릴리[†]의 거의 모든 소설, 이름을 잊어버린 프랑스 작가의 『고통의 정원』,[‡] 바이닝거의 『성과 성격』,[§] 그리고 『약혼자들』도 읽었는데, 물론

---

* 프랑스 작가 피에르 루이스(Pierre Louÿs, 1870~1925)가 1896년에 발표한 소설.

† Pitigrilli(본명: Dino Segre, 1893~1975). 이탈리아 소설가로, 약간 외설적이면서 유머감각이 풍부한 작품을 써서 인기를 끌었다.

‡ 프랑스 저널리스트이자 작가였던 옥타브 미르보(Octave Mirbeau, 1848~1917)의 1899년 출간작.

§ 오스트리아 철학자 오토 바이닝거(Otto Weininger, 1880~1903)는 1903년

사학년과 오학년 때 읽은 엄청나게 지겨운 만초니의 작품이 아니라, 나와 '같은 종교의' 다베로나*가 쓴 책으로, 그의 판단에 의하면 훨씬 가치 있는 작품이었다. 그리고 나의 어떤 항의도 차단하려는 듯이 한 손을 들어올리면서 덧붙였다. 어쨌든 루이스의 『아프로디테』가 지금껏 말한 모든 책을 능가하지. 그 소설의 첫 부분이 뭘 묘사하는지 알고 싶어? 어느 정원을 묘사하는데, 여신의 신전 주변에 있는 정원으로, 거기에서 여자들 수십 명이 '남성들과 또 자기들끼리 정신없이' 짝짓기를 하고 있어. 그리고 얼마나 많은 체위들과 방법들을 고안해내는지 어지간히 많이 알고 있는 나도 입이 쩍 벌어질 정도야.

당시까지 나는 자위를 해본 적이 없었다. 그 사실을 알고 루차노는 경악했다. 아니, 어떻게! 네 나이에! 난 열 살 때부터 줄곧 자위를 했어. 적어도 하루에 한 번은.

"하지만 해롭지 않아?" 나는 반박했다.

"해롭다니, 천만에! 오히려 아주 유익해!" 그리고 미소를 지었다. "혹시 너무 지나치면 기억력이 좀 떨어질지도 모르지. 하지만 얼마나 머리가 확 열리는지 상상이나 가니?"

그의 생각으로는 '지적 능력'을 발전시키는 데에 그보다 더 '적합한' 것은 없다는 것이다. 물론 지나치지 않아야 해. 포도주나 운동도 너무 도가 지나치면 안 되잖아. 어쨌든 그걸 하는 건 좋아. 그건 자연스럽고 정상적인 '실행'이고, 자연이 우

이 책을 낸 뒤 자살했다.

* Guido da Verona(1881~1939). 이탈리아의 유대인 작가로 1929년 『약혼자들』을 패러디한 작품을 발표했다.

리에게 불어넣은 충동을 '과학적으로' 이행하는 거니 해로울 리가 없지. 근데 그보다, 할례 때문에 너의 '성적 민감성'이 둔해진 것 아니야? 혹시 발기가 된 적은 있어? 밤에 잠자는 동안 '젖은' 적은?

나는 모든 것을 인정하면서 최선을 다해 대답했다. 제대로 이해하지 못한 질문에도 답했다. 그러니까, 그렇지, 종종 전혀 예상하지 못한 순간에 내 '물건'이 빳빳해지고, 한두 번 아침에 잠옷이 축축한 얼룩으로 범벅이 된 채 잠에서 깬 적이 있어.

어느 날 오후 루차노는 바지 단추를 풀더니 성기를 보여줬다. 그리고 나도 똑같이 하라고 요구했다. 나는 아직 수치스러웠고 그래서 망설였다. 하지만 그는 밀어붙였고, 결국 나는 그의 말에 따랐다.

그는 몸을 앞으로 약간 숙이더니 마치 의사처럼 무심한 태도로 주의깊게 살폈다. 할례란 게 이게 다야? 그러더니 웃음을 터뜨렸다. 그는 상당히 커다란 수술로 생각했던 것이다. 그런데 이제 아주 간단한 일임을 깨달았다. 결국 네 것과 내 것 사이에 별 차이도 없잖아?

그러고는 그는 다시 단추를 풀었다.

그렇게 부활절까지 이어졌고, 나로서는 위협적이고 알지 못하는 무언가로 서서히 떠밀린다는 느낌이 끊임없이 들었지만, 구체적으로 어떤 일이 벌어진 적은 없었다. 루차노는 말하고 또 말했다. 그의 목소리는, 나를 꼼짝 못하게 하고 그 나지막하고 웅얼거리는 소용돌이 안으로 가두었다.

그 시기에 대한 정확한 기억은 별로 없다. 나는 마치 땅굴 속에 사는 것 같았다. 그 끝을 볼 수 없는데 불시에 맞닥뜨리게 될까 두려웠다. 어머니가 방에 들어올 때마다 느끼던 비굴한 공모의 느낌을 기억한다. 그리고 부활절 휴일 동안의 어느날 오후도 기억나는데, 어쩌면 현실이 아니라 단지 꿈속이었는지도 모르겠다.

나는 학급 절반과 함께 저수조 뒤의 연병장 풀밭으로 축구 시합을 하러 갔다. 우리는 두시경에 시작했다. 겨울 추위에 말라버린 풀밭에서 숨막힐 정도로 달려 행복했고, 무거운 옷을 벗어버려 행복했다. 찬란한 햇살은 음산한 군대 창고들도 화사하게 만들었고, 평소에는 고독 속에 울적해 보이던 클레멘스 교황의 이끼 낀 대리석 조각상도 빛나게 했고, 멀리 리파그란데 거리와 피안지파네 거리의 푸르스름한 집들도 금빛으로 물들였다. 세시 무렵에 루차노도 왔다. 물론 걸어서 왔다. 카톨리카처럼 그도 시합에는 참가하지 않았다. 게다가 그는 너무 약하고 말랐기에 아무도 그를 자기 팀에 원하지 않았다. 그래서 그는 발을 굴려 몸을 덥히며 풀밭 가에 남아 구경했다. 우리가 시합하는 동안 이따금 그의 말소리가 들려왔다. 때로는 환호하고, 때로는 휘파람을 불고, 때로는 놀렸다. 내가 볼 때마다 그는 웃는 모습으로 보였고, 그의 작고 활기 없는 얼굴에서 비웃음을 보았다기보다 직감했다. 그가 왜 남았는지 나는 알고 있었다. 나 때문이었다. 시합이 끝난 뒤 내 자전거에 올라타 나를 가리발디 거리 쪽으로, 가리발디 거리와 콜롬바 거리가 만나는 모퉁이, 장식 못이 박힌 유곽의 작은 문을 드나

드는 사람들을 편안하게 엿볼 수 있는 곳으로 데려가기 위해서였다.

벌써 날이 어둑했다. 한데 이제 거의 끝나갈 무렵인데 나는 넘어져 한쪽 무릎을 다치고 말았다. 심각하진 않았다. 나도 잘 알고 있었지만, 미적거리며, 그러니까 '엄살'을 부렸다. 그대로 반듯이 누워 눈을 감고 있으니, 욱신거리던 사지가 서서히 기이한 행복감을 안겨주었다. 내게 일어난 사고 때문에 시합이 끝나서 좋았고, 반 애들 서너 명이 주위에 모여들어 나를 일으켜세우려고 해서 좋았다. 저녁의 아린 공기 속에 애들의 평온한 목소리가 누워 있는 내 몸 저 위 멀리서 들려왔고, 나는 다시는 일어나고 싶지 않았다.

"냅둬, 죽진 않았으니까." 마침내 누군가 말했다. "엄살인데? 자, 옷 입으러 가자."

나는 멀어지는 그들의 발소리를 듣고 눈을 살짝 떴다. 반쯤 감은 눈으로 살폈다. 내 옆에는 말없이 꼿꼿하게 서 있는 그애가, (아래에서 보니 거대한 거인 같았고, 마치 물건을 대하듯 머리에서 발끝까지 냉정하게 바라보고 있는) 루차노만이, 거기 있었다.

7

개학하기 전날 나는 편도염에 걸렸다.

아주 어린 시절부터 편도염으로 고생했다. (그래서 말비나 아주머니는 열심히 나를 데리고 목이 약한 사람들의 수호성인 블라시오 성인*의 교회를 찾아갔던 것이다.) 하지만 그해 염증은 여느 때보다 더 심했다. 고름집 때문이라고 아버지는 진단했다. 어머니가 당장 불러온 자코모 삼촌도 같은 견해였다.

절개할 것인가? 절개하지 않을 것인가?

아버지와 삼촌은 진단은 종종 일치하면서도 치료법을 두고 언제나 언쟁을 벌였다. 그래서 가족의 의사 두 명이 내 침대

---

* Blasius(?~316). 아르메니아 세바스테의 주교로 박해를 받아 순교했다. 생선 가시가 목에 걸린 아이를 구해준 일화가 있으며, 목의 질병들과 관계된 수호성인이다.

옆에서 벌이는 끝없는 논쟁을 조정하기 위해(아버지는 수술에 찬성했고, 삼촌은 반대했기에) 어머니는 전문의 파디가티 박사에게 전화하는 것이 좋으리라고 생각했다. 내가 어릴 때에도 파디가티 박사가 편도샘 수술을 했다. 그때도 삼촌의 의견을 절충하여 단지 편도샘의 일부만 제거했다. 어떻게 할지 결정하는 데 있어 그만한 사람이 없었다……

파디가티 박사가 부랴부랴 왔고, 내 목을 보더니 진단을 내렸다. 치료에 대해 그도 삼촌과 마찬가지로 지금처럼 '열이 올랐을' 때는 '약간의 절개'도 위험할 수 있다고 여겼다. 기다려야 했다. 이레나 여드레 뒤에 경과를 다시 보고 (이쯤에서 그는 마음을 안심시키는 온화한 미소를 짓고는 한 손을 뻗어 내 뺨을 어루만졌고) 때를 봐서 마침내 '이것들을 모조리' 제거하자고 했다.

그럴 필요도 없었다. 고름집이 예상보다 빨리 저절로 터졌다. 편도샘의 양쪽 일부는 남아 있었고, 그대로 두면 다시 귀찮아질 수 있었다. 하지만 일단 놔두기로 결정했다. 6월에 바닷가로 떠나기 전에 보고 다시 논의하기로 했다.

나는 안도했다. 하지만 만족스럽지 않았다. 빨리 회복되는 바람에 학교로 돌아가는 날이 앞당겨져서 오히려 당혹스러웠다. 나는 불안한 마음으로 루차노를 떠올렸다. 루차노는 딱 한 번 찾아왔다. 둘째 날인가 셋째 날, 아직 열이 아주 높을 때였다. 침대 머리맡에 단정하게 앉아 잠시 어머니가 방에서 나간 동안에도 오로지 학교 이야기만 했다. 『일리아스』를 어디까지 번역했는지, 구초 선생님이 호라티우스의 송시 중 무엇을 과제로 냈는지, 크라우스 선생님이 지금 뭘 가르치고 있는지 등을 들려줬다. 나는 말없이 듣기만 했다. 어느 순간 나는 힘겹게 입을 열어 내가 없는 상황에서 혹시 숙제하러 다른 누구를 찾을 생각을 했는지 물었다. 그러자 그는 애정 어린 미소와 함께 아니라고, '나를 배신할' 생각은 머릿속에 눈곱만큼도 없다고 대답했다. 나를 뭘로 보는 거야? 내가 유다야? 그럴 시간에 나을 걱정이나 해. 내가 낫자마자 (학교 진도는 염려하지 말라고, 나는 워낙 뛰어나니까 순식간에 따라잡을 거라면서) 우리 둘은 곧바로 '견고한 한 쌍'을 재건할 것이라고 했다. 무엇보다 이 마지막 전망이 이후 며칠 동안 나를 어두운 울적함에 빠뜨렸다. 학교와 루차노. 학교를 다시 나가기 시작한다는 것은 곧 루차노와 다시 시작한다는 의미였다.

루차노와 다시 시작하는 것. 그것은 실제로 무엇을 의미했는가?

침대에 누워 회복되어가며 나는 걷잡을 수 없이 이상한 생각에 빠져들었다. 루차노가 처음 교실 문가에 나타난 아침부터, 이런저런 대화를 나누고, 그러다 '수음 주제'라고 그가 표현한 그 주제에 이르기까지, 지난 몇 달간 지나온 어두운 터널을 한 걸음 한 걸음 다시 더듬어보았다. 어떻게 이어질 것인지 나는 잘 알고 있었다. 이 모두가 난방장치에 대한 내 질문에서 비롯됐다. 뒤따른 나머지 것들은, 서로 성기를 보여준다든지 하는 일은, 신속하게 저절로 이어진 결과들이었다. 나는 그 장면을 다시 떠올렸다. 내게 바지를 내리게 한 다음 루차노는 몸을 숙이고 살펴봤고, 물론 무표정한 얼굴을 과시하고 있었지만 동시에 약간 실망한 기색이었다. 이렇게 생각하는 것 같았다. 얘는 나보다 훨씬 더 튼튼하고 건강하고 운동도 잘하는데, 어떻게 이렇게 작지? 그가 바지단추를 풀었을 때 (그렇게 야윈 그가 바지 안에 그렇게 엄청난 '물건'을 감추고 있으리라고는 상상도 못했다. 부풀고 하얗고, 무엇보다 너무 거대했다) 나는, 나로서는, 견딜 수 없는 역겨움이 치밀어 속을 옥죄는 것 같았다. 그후 내내 음탕하고 소름 끼치게 거대한 그 성기와, 내가 느낀 역겨움을 생각했다. 역겨움과 혐오. 루차노와 다시 시작한다는 것은 그와 함께 보내는 매 순간의 역겨움을 다시 직면해야 한다는 것이었다. 라틴어와 그리스어는 끝장이다!

그런데 만약 내가 그와 끝낸다면? 만약 어떤 핑계로 그를 떨쳐버린다면?

집에서는 아마 그런 전략이 매끄럽게 통할 수 있을 것이다. 절교의 책임을 루차노에게 돌리거나 말다툼을 꾸며내 거짓말로 둘러댄다고 해도, 어머니는 내가 방에서 숙제를 계속 잘하기만 하면 만족하고 분명히 신경쓰지 않을 것이다. 하지만 학교에서는 아니다. 학교에서는 그렇게 쉽지 않을 것이다. 비록 나는 언제나 루차노와의 우정에 대해 다른 애들 앞에서 약간 부끄러워했지만 (위층 크라우스 선생님의 실험실에서는 불행히도 그와 가까이 앉게 됐고, 마찬티가 루차노에게 점수를 매기기 전에 내 의견을 참조해야겠다고 할 때마다 대부분 나는 귀찮다는 듯이 어깨를 으쓱하는 것으로 대답하긴 했지만) 그럼에도 불구하고 그가 매일 오후 우리 집에 온다는 것은 모두가 다 아는 사실이었다. 게다가 카톨리카가 있었고, 또 조르조 셸미가 있었다. 카톨리카는 늘 모르는 척했고, 내가 '그 아첨쟁이 풀가'(예전 A반 무리 사이에서는 루차노를 그렇게 불렀다)와 어울리게 내버려두고, 절대로 내가 거기에 대해 말하며 만족감을 드러내지 못하도록 했다. 그러니 지금 내가 루차노와 절교한다면, 그의 승리는 너무나 크고, 너무나 완벽하고, 차마 삼키기가 너무나 힘겨울 터였다. 조르조 셸미는 최근 (루차노가 어릴 때 앓은 가슴막염 후유증으로 빠진) 체육시간에 나에게 와서 외롭다고 투덜대고 내년에는 내 짝이 되고 싶다고 위선을 부렸으니, 조르조 셸미 역시 경계해야 했다. 지금 당장 루차노와 절교하는 것은 너무 빨리 굴복하고 그에게도 꼬리를 내린다는 의미일 터였다.

나는 학교로 돌아갔고, 이내 루차노는 우리 집으로 다시 오기 시작했다.

나는 상당히 오랫동안 결석했고 잃어버린 시간을 만회해야 했다. 따라서 처음 며칠 동안은 그를 쉽게 통제할 수 있었다. ("잡담은 그만하자!" 나는 권위 있게 명령했다.) 하지만 곧바로 예전 주제로 다시 휘말리리라는 것을 알고 있었고, 아, 너무나도 잘 알았다! 그것을 확인시켜준 것은 바로 루차노의 눈빛 밑바닥에 자리한 희미하게 조소 어린 표정이었고, 더불어 몹시 미묘하게 구는 새로운 그의 행동이었다. 예를 들어 아침이 부쩍 줄었고, 전에는 상상조차 못하던 산만한 순간들이 생겼고, 내가 과장하는 만큼 그렇게 골치가 아픈 것도 아닌 문장을 놓고 맹렬하게 공부하는 동안에는 나를 기다리며 나지

막이 콧노래를 흥얼거리기도 했다. 이렇게 말하는 것 같았다. "네게 그게 정말 그렇게 중요하다면 열심히 한번 해봐. 하지만 과연 정말 그게 중요할까? 이제 너 역시 무엇에 관심 있어 하 는지 내가 모를 것 같아?"

그런데 어느 날 오후 또다른 새로운 일이 일어났다.

나는 프라이솔로 거리에 따로 떨어진 체육관으로 체육 수 업을 하러 갔다. 루차노와 여섯시에 집에서 만나기로 약속한 다음이었다. 수업이 끝나고 체육관에서 나오면서 누군가가 고 무공 하나를 밖으로 던졌고, 곧바로 앞에 있는 너른 마당에서 갑작스러운 시합이 벌어졌다. 시합이라기보다 밑도 끝도 없이 혼란스럽게 뒤엉키는 것에 불과했다. 하지만 그렇게 이어졌 다. 방금 전 수업시간과 마찬가지로 절대 땀을 흘리지 말라는 금지사항 때문에 나는 한쪽 벤치에 앉았고, 또다시 고통스럽 고 괴로운 질투에 사로잡혔다. 마당과 프라이솔로 거리를 나 누는 높다란 담장에 등을 기댄 채 나는 반 애들이 달리고 뛰 어오르고 소리치고 땀 흘리는 것을 바라보면서 그 어느 때보 다 버림받고 약하고 처량해진 기분을 느꼈다. 어딜 봐도 나는 루차노 풀가와 짝이 되는 것이 마땅했다.

그러나 혼자가 아니었다.

카톨리카 역시 평소처럼 곧바로 집으로 가지 않고 멈춰 바 라보고 있었다. 그도 담장에 등을 기대고 담배에 불을 붙였고 말이 없었다. 그런데 갑자기 가까이 다가왔고, 그리고 놀랍게 도 나와 팔짱을 꼈다.

"함께 놀 수 없어 심심하구나!" 그가 공감하는 어조로 말했다.

나는 사실대로 대답했다. 정말로 함께 놀고 싶지만 불행히도 그럴 수 없다고. 한동안 아팠고, 의사인 아버지가 절대 땀을 흘리지 말라고 지시했다고, 쓸데없는 설명도 덧붙였다.

카톨리카는 주의깊게 듣고 있었다. 나보다 훨씬 큰 그는 머리를 살짝 앞으로 숙이고 들었는데, 어떤 사람이나 사물이 관심을 끌 때 습관적으로 나오는 자세였다.

마침내 그는 말했다. "혹시 주제넘은 질문일지도 모르겠지만, 어떤 병을 앓았던 거야? 나는 루차노의 일일 보고서를 듣지 못했거든." 그리고 빈정대듯 덧붙였다. "목이 아프다고 하는 것 같았어."

일일 보고서? 하지만 루차노는 딱 한 번밖에 나타나지 않았고, 참 희한하지만, 정보를 얻으려고 전화한 적도 없었는데!

"편도샘에 고름집이 있었어." 나는 대답했다.

그는 찌푸렸다.

"고통스러워?"

"음, 상당히." 나는 그를 응시하며 미소지었다. "철천지원수라도 차마 그 고통을 겪기를 바라지는 않을 거야."

그는 눈을 깜박였다.

"미안해. 그런 줄 알았으면 나도 너를 보러 갔을 텐데."

그 '나도'라는 말에도 불구하고 가슴속에서 심장이 고동쳤다. 카톨리카가 우리 집에 오다니! 감동적인 그의 모습, 후회하며 통탄하는 경쟁자가 아픈 나의 침대맡에 있는 모습이 순간 내 뇌리를 스쳐지나갔다. 하지만 나는 그를 믿지 않았고,

신뢰하지 않았다.

"정말 엄청나게 아파." 나는 말했다. "특히 처음 며칠은 심하지. 칼로 잘라내야 할 것 같았어. 그런데 다행히 고름집이 저절로 터졌어…… 아마 편도샘 수술을 해야 할 거야. 물론 지금은 아니고, 바다에 가기 전 6월에 할 거야."

그렇게 우리는 가까이 서서 십 분 이상 이야기를 나눴다. 그사이 카톨리카는 나에게서 팔을 뺐지만, 나는 여전히 그 존재와 무게감을 느꼈다. 뭘 원하는 걸까? 나는 궁금했다. 그리고 이중으로 걱정됐다. 그가 무엇을 원하는지에 대한 걱정, 그에게 잘 보이고 품위 있게 행동해야 한다는 의무감 탓에 생긴 걱정.

"너희 집이 이쪽이지?" 어느 순간 그가 물었다.

"응, 스칸디아나 거리야. 스키파노이아 궁전 바로 옆이지. 스키파노이아 궁전의 프레스코 벽화 본 적 있어?"

"아니. 이삼 주 전 일요일에 산타마리아인바도 교회는 가봤어…… 나는 역 쪽에 살아. 치타델라 거리야."

"아, 그래?"

"아주 좋은 동네야." 카톨리카는 자기 것에 대해 말할 때마다 보이는 확고한 자신감을 담아 말을 이었다. "새롭고…… 현대적이야……"

그는 말을 멈췄다.

"저기." 그리고 덧붙였다. "오늘 우리 집에 와서 숙제하지 않을래?"

나는 몸을 돌려 그를 바라봤다.

"너희 집에서 하자고!"

"왜 어때서?"

그는 나를 놀라게 한 것에 만족하며 웃었다.

"네 집에 들러서 책을 챙겨서 와. 치타델라 거리 16번지야. 자전거로 얼마나 걸리겠어? 한 십 분이면 올걸."

"고마워, 정말 고마워…… 그런데 너는 볼디니랑 그라시와 함께 숙제하지 않아?"

"물론이지." 그는 마치 패배를 인정하면서 자기 패를 보여주는 도박사 같은 태도로 대답했다. "하지만 그래서?"

"아, 아니, 아무것도 아니야…… 다만 너희는 벌써 셋인데, 네 명이면 너무 많을 거야."

그는 등을 곧게 펴고 시선을 돌렸다.

그리고 전혀 그렇지 않다고, 한 명 더 있어도 아무런 차이가 없다고 대답했다. 자기 방에는 아주 커다란 책상이 있는데, 원한다면 고등학교 일학년 전체가, '여자애들'까지도 둘러앉을 수 있을 정도로 크다고, 자부심으로 미소지으며 말했다. 그리고 이어서 말하기를, 볼디니와 그라시가 나에 대해, 또 나의 등장에 대해 전혀 불만이 없을 거라는 사실은 일단 말할 것도 없고, 자신들 세 명이 함께 공부한 것도 너무 오래됐다며, 이제는……

그는 다시 나를 응시했다.

"네가 이해해줘야지." 그가 결론을 내렸다.

물론 나는 너무나 잘 이해했다. 한편에 볼디니와 그라시, 그리고 다른 한편에 내가 있으면, 그는 그들, 오랜 친구들, 충실한 하인들이자 추종자들을 선택할 수밖에 없었다. 그리고 마찬가지로 명백하고 자명한 건, 그의 집과 우리 집 사이에서도 그의 집, 그의 방, 그의 책상이 더 좋을 수밖에 없고, 나 역시 그렇듯 인정해줘야 했다. 치타델라 거리에 사는 그로서는 우리 집은, 그 안에 무엇이 있건 간에, 구체적인 어떤 것, 실제로 존재하는 무엇이, 그 지붕 아래 나와 내 가족이 정말로 살아가는 곳이라고는, 꿈에도 고려하지 않을 그저 하나의 장소일 터였다. 그리고 매일 우리 집에 오는 '그 아첨쟁이 풀가'는? 그 또한 존재하지 않았다. 루차노 역시 추상적이고 무시할 만한 존재였고, 한마디할 가치도 없는 당혹스럽고 불쾌한 주제였다.

"이해해. 고마워." 나는 대답했다. "하지만 오늘은 불가능해. 풀가가 우리 집에 와. 내가 어떻게 해야 할지…… 최소한 전화라도 할 수 있다면……"

"전화가 없어?"

"아직 없어. 멀리 다르세나 거리 너머 보아리오 광장 쪽에 살아. 전화로 연락하려면 복잡해. 그애 집에 가까운 약국으로 전화해야 해. 하지만 하지 않는 게 좋아. 기분 나쁘게 전화를 받을 수도 있거든. 그리고 너무 늦었어. 자전거가 없으니까 아마 이미 오고 있는 중일 거야."

다른 말은 없이 우리는 출구로 향했다. 서로가 결정하지 못한 채 문가에서 멈췄다. 나는 왼쪽으로 가고, 그는 오른쪽으로 가야 했다.

"그럼, 안녕." 그는 손을 내밀면서 차갑게 말했다.

"볼디니와 그라시를 기다리지 않아?"

"안 기다려. 둘은 자전거가 있어. 나는 전차로 가."

"만약……" 나는 그의 손을 놓지 않고 말을 꺼냈다. "……만약 내가 그애도 데려갈 수 있다면…… 내가 집에 가서 걔한테 말하고 함께 갈게."

그것이 해결책이 될 수 있다고 나는 생각했고, 불안한 마음을 감추지 못하고 그의 눈을 살폈다. 무엇보다 엄청난 해결책이 될 것이다. 나를 위해서도.

"걔를 데려가도 돼?"

"누구?" 카톨리카는 경멸을 담아 찡그리며 손을 뺐다. "풀가?"

"네 책상은 아주 크다고 했잖아? 우리 네 명이 앉는다면……"

그는 격하게 발끈했다.

"아니야, 제발. 다섯이라니! 게다가 풀가! 장난하는 거야?"

"왜 장난이야?" 나는 차분하게 대꾸했다. "너희는 풀가가 무슨 전염병이라도 갖고 있는 것처럼 다루는데, 대체 왜 그래?"

나는 더없이 모욕당한 느낌이었고, 카톨리카가 그걸 알기를 바랐다.

"1월부터 매일 우리 집에 왔지만 전염병 같은 건 전혀 옮기지 않았어!"

하지만 그가 옳았다. 나는 내가 말하는 동안에도 생각하지 않을 수 없었다. 루차노는 정말로 전염병을 갖고 있었고, 오래 가까이 있다보니 이제 나도 옮았다.

카톨리카는 입술을 내밀었다.

"취향이니까.* 너는 원하는 사람을 마음껏 네 집에 초대할 수 있지. 다시 한번 말하지만, 만약 네가 우리 집에 오고 싶다면 좋아. 하지만 그 녀석은 안 돼, 절대. 생각도 하지 마!"

"그래…… 그렇다면 어쩔 수 없지." 나는 떨리는 목소리로 중얼거렸고, 눈물이 나오려고 했다. "미안하지만 둘 다 가거나, 아니면 아무도 못 가."

---

* De gustibus(non est disputandum). 괄호 안을 생략하고 쓴 라틴어 관용구로, 원래 표현은 "취향에 대해서는 논쟁할 수 없는 법"이란 뜻이다.

8

그날 저녁 나와 카톨리카는 돌발적으로 헤어졌는데, 아니, 정확히 말하면 그가 우리 사이에 냉랭하게 '안녕'이라고 던지고는, 등을 돌려 서둘러 조베카 대로 쪽으로 멀어져갔다. 하지만 이튿날 아침 이후로 그는 결연한 마음으로 그 태도를 계속 유지했다. 우리가 나눈 이상한 대화를 일절 언급하지 않고 그모든 태도를 취했는데, 나도 눈치채지 않을 수 없었던 것이, 당시까지 우리를 분리시키고 있던 보이지 않는 장벽이 사라졌기 때문이었다.

그는 수업시간에 절대 몸을 돌리지 않았다. 언제나 그랬듯이 시선은 교단에 앉은 선생님의 시선에 고정한 채 여전히 메달에 새긴 듯 확고한 옆얼굴을 보이면서도, 손을 부채처럼 펼쳐 입술을 가리고 손가락 방어막 아래로 속삭였다. 그는 너무나 모범적이고 근면했으며, 행동에 있어서도 훌륭한 학생이라는 평판에 너무나 집착했기에 그토록 신중함을 지키는 기본 방책도 간과하지 않았다. 하지만 나도 똑같이 해보려고 애써본 그 완벽하게 꼿꼿한 목과 몸의 자세는, 단지 앞에 있는 선생님의 눈길 때문만이 아니라, 더 위험한 눈길들, 등뒤의 통제할 수 없는 시선들에 보여주려는 것임을 나는 깨달았다. 만약 루차노가 저기 벽 옆의 자기 책상에서 나와 카톨리카 사이에 이제 예전 같은 냉기는 가시고 이야기를 나누고 있다는 것을—실은 그저 이야기를 나눌 뿐이지만—알아챘다면, 약삭빠른 그애는 이 속삭임이 말하는 바가 무엇인지 짐작했으리라. 나로서는 상당히 어안이 벙벙한 일이었다. 분명한 사실은 내가 루차노에게 죄책감을 느꼈고, 그애가 서늘한 푸른 눈으로 탐색하고 있는 것이 목덜미에 물리적으로 느껴지다시피 할 정도였다.

그러니 구초 선생님이 불시에 카톨리카에게 질문을 던지던 어느 아침, 내가 느낀 당혹감을 짐작할 수 있으리라.

선생님은 이렇게 시작하는 카툴루스의 시를 큰 목소리로 운율에 맞춰 낭송하고 있었다.

수많은 사람과 수많은 바다를 거쳐……*

그러다 갑자기 멈추고 엄하게 명령했다.

---

* 고대 로마의 서정시인 카툴루스(기원전 84~기원전 54)의 「시 101번」의 첫 행으로, 죽은 형제의 무덤을 방문하고 슬퍼하는 시.

"이어서 하세요, 카톨리카."

"저요?" 카톨리카는 화들짝 놀라 가슴에 손을 얹으며 말했다.

"네, 바로 학생 말입니다." 구초 선생님은 화가 나면 대체로 토스카나 말투로 말했다. "친애하는 학생께서 이어서 낭송해주시지요. 어떻게 하는지 봅시다."

카톨리카는 허둥지둥 책을 뒤적이기 시작했다. 책은 펼쳐져 있었지만 올바른 페이지가 아니었다. 선생님이 얼마나 더 고문을 이어갈지 누가 알겠는가? (책상의 다른 쪽 끝에서 얼어붙어 있던 나도 감히 도울 수 없었다.) 마침내 뒤에서 말라구의 손이 뻗어나오더니 도와주었다.

"훌륭해요, 말라구." 구초 선생님이 말했다. "수업을 잘 따라오고 있었다니 기쁘군요. 위대한 카툴루스에 심지어 말라구 학생도 주의를 집중하는데…… 그런데 카톨리카, 학생이 말해봐요. 카툴루스가 관심을 끌지 못하나요? 영 마음에 들지 않아요?"

"아니요…… 아닙니다……" 카톨리카는 창백해져서 더듬거리며, 천천히 일어났다.

"아니라고요?" 구초 선생님은 찬웃음을 지었다.

커다란 눈썹을 찌푸려서 널찍한 바그너 이마 아래 그린 두 개의 회색 곡절부호처럼 만들었다. (구초 선생님은 무신론자였고, 스스로 '이교도'라고 여러 번 강조했다. 그리고 기회가 있을 때마다 카무리나 카톨리카처럼 성직자 가문에 속한다고 여겨지는 학생들을 놀렸다.)

"참새여, 내 아가씨의 즐거움이여."* 선생님은 부드럽게 낭송했고, 그러면서 교실의 나머지 학생들에게 눈짓했다. "이 우아하고 사소한 농담 때문에 그 시인을 비난하고 용서하지 않는 건가요?"

"저는 아주 좋아합니다." 카톨리카는 강하게 부정했다. "다만 저는……"

"다만 학생은," 구초 선생님이 말을 잘랐다. "얼마 전부터 위선이 아니라고는 하지 않을 수 없게 내 신뢰를 이용하여 한눈을 팔기 시작했어요. 우리는 한눈을 팝니다.† 그것도 아주 많이요. 학생과 학생의 짝이 손의 비호 아래‡ 끊임없이 잡담을 나누는 것이 잘 보여요. 무슨 일인가요? 둘 다 벌써 진급했다고 (잘못된) 생각이 드나요? 아니면 봄을 타서?"

카톨리카는 나의 증언을 구한다는 듯이 몸을 돌렸다. 그러나 말은 하지 않았다. 그러고는 다시 구초 선생님을 바라보았다. 그사이 선생님의 눈은 천천히 책상들을 훑어보고 있었다.

마침내 구초 선생님이 말했다. "두 학생처럼 지나치게 사이가 좋은 쌍을 이제 더이상 지체 없이 떼어놓아야 할 때가 아닌지 자문해봅니다. 어쨌든 친애하는 카톨리카, 이제 경고했습니다. 만약 또다시 잡담하는 것이 발견되면, 저쪽 마지막 책

---

* 카툴루스의 「시 2번」의 첫 행으로, 이 시는 이중적인 의미로 외설스러움을 함축하고 있다.
† 원문에서는 '한눈팔다'라는 뜻의 이탈리아어 scantinare를 라틴어 일인칭 복수 동사 변화형으로 바꿔 마치 라틴어인 양 말장난하고 있다.
‡ sub tegmine manuum. 원문에서 라틴어 문구로 강조하고 있다.

상, 저 거룩한 루차노 풀가 옆으로 보낼 것입니다. 알겠어요?"

그러고는 만년필을 꺼낸 다음 출석부를 펼쳐 평가를 길게 메모해두는 데 골몰했다.

길에서는 불가능했다. 우리는 둘이 따로 있어 보려는 시도 조차 하지 않았다. 밖으로 나오자마자 익숙한 무리가 다시 지어졌고, 루차노 역시 곧바로 내게 달라붙었으며, 조베카 대로 중간 테라누오바 거리 모퉁이까지 가서야 헤어지는 때도 많았다. 하지만 오후 체육시간에 만나는 것 말고도 (적어도 두 번 이상은 됐다) 우리는 전화를 하기 시작했다. 대개 저녁에 잠자리에 들기 전이었다.

우리가 무슨 이야기를 했던가? 모르겠다. 지금은 잊었다.

추정컨대 선생님들, 반 애들, 읽는 책들에 대해 이야기했을 것이다. (우리는 취향이 완전히 달랐다. 나는 기사소설이나 모험소설, 뒤마, 퐁송 뒤 테라유, 베른, 『소년 백과사전』*을 좋아했고, 그는 보다 진지한 책들, 보급판 과학책과 전기소설을 좋아했다.) 그러니까 우리는 실제로 벌어지는 일들에 비춰보면 현실적 중요성이 없는 것들에 대해 이야기했던 것이다. 하지만 달리 어떻게 행동할 수 있었을까? 우리가 내뱉는 단어들의 소리는 마치 오징어가 위험을 피하려고 저 주위를 혼탁하게 만들 때 내뿜는 먹물과 같았다. 그 소리의 먹물 뒤에 숨어 우리는 끊임없이 서로를 연구하고, 서로를 슬쩍 스치고, 탐색하려고 신중하게 촉수를 내뻗었다.

---

* 20세기 초 몬다도리 출판사에서 총 여섯 권으로 간행하여 대성공을 거뒀다.

카톨리카가 볼디니와 그라시에 대해 언급한 것은 또렷이 기억난다.

나의 예상과는 전혀 달리 그들에 대해, 카톨리카는 전적으로 자유롭게 판단하고 있었다. 그에 의하면 볼디니는 의심할 바 없이 '최고의 두뇌'를 지녔다는 것이다. 하지만 진정한 지성에 절대 없어서는 안 되는 영감과 상상력이 부족해. 아주 착실하고, 스위스 시계처럼 정확하고, 지나치게 꼼꼼하고, 너무나 폐쇄적이고, 너무나 이기적이지. 육 년을 알고 지냈지만 그 애랑 함께 논리 정연한 토론을 하거나 적절하고 진정한 논의를 해본 적이 한 번도 없어. 늘 투덜거리거나, 잇새로 휘파람을 불거나, 갑자기 등을 후려치거나 하는 반응뿐이야. 또 그애는 튼튼해. 정말 튼튼하지. 지난달에는 온도가 분명 영하인 날씨에 자리나 쪽에서 포강을 헤엄쳐 건너기도 했으니. 하지만 다 종합해봐도 그저 평범한 애고, 자기 근육에 대해 그렇게 맹신하고 있는 것만 봐도 충분히 그래. 그라시는 두뇌와 성격면에서 '이 친구'랑은 정반대 유형이지만 그도 별로 대단하진 않아. 책을 많이 읽고 많은 것을 알고 있지만 결국 마찬가지지…… 볼디니가 교과서 외에 어떤 책도 읽지 않는다면, 이도 당연히 잘못된 거지만, 반면 그라시는 너무 많이, 되는대로 읽고, 결국 머리에 잡동사니만 가득 채워서, 근시안적 시야는 나날이 심해져가니까. 좋은 걸까? 실비오 펠리코*처럼 병약한

<hr />

* Silvio Pellico(1789~1854). 이탈리아 작가이자 애국자로, 통일운동에 가담했다가 사형선고를 받았고 당시 경험을 토대로 대표작 『나의 감옥 생활』을 남겼다.

분위기를 풍기면서, 자기가 그렇게 통하는 것에 엄청 매여 있지. 그래도 솔직한 애고, 믿을 만한 친구긴 해…… 성숙함, 균형, 정신과 육체의 상이한 능력의 조화, 이런 것들이 볼디나나 그라시 모두한테 결여되어 있어.

이런 비판을 통해 그가 나와 그 자신을 또다른 더 높은 차원에 두려는 의도는 명백했다. 하지만 나를 매료시키긴 못했다. 자신의 가장 친한 친구들에 대해 그런 식으로 표현하는 것을 들으면서 나는 더욱 그를 불신하게 되었다.

나는 그를 가르치고 싶은 욕망으로 불탔다. 그 때문에도 종종 루차노에 대해 좋게 말하기 시작했다. 나는 말했다. 그애는 절대 멍청이가 아니고, 모두들 생각하는 것처럼 위선자도 아니야. 그를 보면 마음에 들지 않을 수 있다는 건 알겠는데, 처음에는 나도 내면적 거부감이 커서 극복해야 했어. 하지만 달리 보면, 사람이 단지 신체적인 면을 토대로 친구를 고른다면 얼마나 냉정할 것이며, 그리스도교의 자비도 영영 끝나는 것 아니겠어! 풀가는 처음 페라라에 왔을 때 아는 사람도 없었고, 모든 것이 부족했으며, 심지어 교과서도 없었어. 나는 의지와 달리 사뭇 감동적으로 이어갔다. 걔네 가족은 아직 집도 구하지 못해서 트리폴리 호텔에서 임시로 지냈어. 그런 상황이라 그애에게는 도움과 환대가 절실했는데 내가 어떻게 거절할 수 있었겠어? 맞아, 물론 그애가 비록 절대 멍청이는 아니지만 (무엇보다 그는 자기 이익을 위해 일부러 약간 어리석은 척하거든) 함께 공부해서 도움받을 건 거의 없지. 하지만 지적 능력이 우정의 진정한 기반이 되지는 않잖아.

"그렇다면 너는 우정의 진정한 기반이 뭐라고 생각하니?" 어느 날 저녁 카톨리카가 물었다.

우리는 통화를 하던 중이었다. 빈정대는 웃음에 뒤이은 그 말에 나는 화들짝 놀랐다.

"모르겠어." 나는 답했다. "대답하기 어려워. 두 사람이 어떻게 친구가 될까? 기본적으로 서로 공감하기 때문이지 않을까? 그런데 너는 왜 나에게 그런 질문을 하는 거야?"

"글쎄, 아무 이유도 없어." 그가 묘하게 답했다. "그냥 거기에 대한 네 명석한 의견을 듣고 싶었어. 그러니까 우정의 진정한 기반이란," 다시 낄낄거렸다. "상호공감에 있다는 것이군. 내 말이 맞아?"

"맞아."

그 순간에는 아무 말도 덧붙이지 않았다. 그러나 다음날 저녁 역시나 전화 통화중에 그가 다시 그 문제를 꺼냈다. 전날 우리가 말한 것에 대해 많이 생각해봤다고 하면서 말을 시작했다. 그래 맞아, 우정과 사랑은 똑같은 어근을 가진 낱말이지.* 만약 사랑이 실질적으로 다른 사람에게 동의하고 동일시하고, 함께 느끼고 싶은 욕망, 즉 순파테인†이라면, 공감은 우정의 토대라는 말이기도 해. 하지만 그렇다면 내가 새로운 질문을 해도 될까?

"물론이지."

---

* 이탈리아어로 우정과 사랑은 각각 amicizia와 amore로 둘 다 am으로 시작한다.

† sunpathein. 그리스어로 '함께 느끼다'라는 뜻.

나는 전화선 너머로 미미한 망설임을 느꼈다.

"똑바로 말하자." 그는 희한하게도 숨가쁜 목소리로 말했다. "진심으로 풀가가 너에게 호감을 주니?"

"그럼." 나는 안도하며 웃었다. "당연히 나에게 호감을 주지. 그애가 천재는 아니겠지. 때때로 약간 지겹고, 좀 귀찮을 수도 있고. 그래도 기본적으로는 괜찮은 아이야. 너희는 모두 그애 면전에서 냅다 문을 닫아버렸지. 왜냐하면 단지…… 가난하기 때문에 말이야. 정말이지 그런 취급은 옳지 않아."

나는 그가 잘못을 인정하고 사과하면서 내가 옳았음을 증명해주리라 기대했다.

그 대신 그는 물었다. "혹시 걔네 집에 가본 적 있어?"

"아니. 왜? 언제나 그애가 오는데."

"그럼 있잖아……" 그는 다시 망설이면서 말했다. "……너는 혹시 네가 그애한테 호감을 준다고 생각해?"

그 질문은 나에게 충격이었다. 특히 목소리의 어조, 처음에는 주저하고 차분했다가 갑자기 단호해진 어조에 충격받았다. 마치 두 개의 길, 하나는 평탄하고 쉬운 길이고, 다른 하나는 험난하고 힘든 길 사이에서 한참 망설이다가, 마침내 험난하고 힘든 길을 선택한 사람 같았다. 나는 이해하지 못했다. 어디로 피하려는 것이지?

나는 당연히 그렇게 생각한다고 대답했다.

"정말 그렇게 확신해?"

"당연히 그렇지. 너에게 말했듯이, 언제나 그애가 나를 찾았어. 내가 그애한테 호감을 주지 못했다면, 매일 오후 여기 우리 집에 오는 대신 다른 누군가에게 가지 않았겠어? 어쩌면……" 나는 냉소적으로 덧붙였다. "……너에게 가든가 했겠지."

그는 한숨을 쉬었다.

"너 진짜 순진하구나!"

"순진하다고?"

하지만 그는 설명하려 하지 않았다. 그가 말하도록 설득하기 위해, 아니, 그가 쓴 표현을 그대로 가져오자면, 오랫동안 가슴을 짓누르던 두꺼비를 밖으로 내뱉게 하려고 나는 한참을 거듭거듭 요구해야 했다. (결국 내뱉었다. 풀가, 네 소중한 풀가가 등뒤에서 너에 대해 말하고 돌아다니는 그 멋진 말들을 들었다면!)

9

"이봐, 근데 넌 정말 너무 순진해." 카톨리카가 반복했다. "바로 그래서 그애의 행동방식에 내가 분노가 치미는 거라고."

그가 거짓이 아니라 진실을 말하고 있다는 것을 나는 깨달았다. 그런데 나는 (심장이 거의 멈춘 듯) 깊이 상처를 받았으면서도 하마터면 즐거움의 비명을 터뜨릴 뻔했다. 나는 번개같이 떠올렸다. 루차노에게서 벗어날 기회구나! 드디어 기회가 왔어!

하지만 나 자신을 추슬렀다.

"믿을 수 없어." 나는 냉정하게 말했다.

"그럴 줄 알았어." 그가 말했다. "하지만 만약 증거를 원한다면 내가 줄 수 있어."

대답 없이, 나는 수화기를 내려놨다. 나는 카톨리카가 다시 전화할 것이라고 확신했다. 전화실 안에서 몇 분 동안 기다렸다. 전화는 오지 않았다. 갑자기 전화실 문이 열렸고, 빛줄기 사이로 어머니의 얼굴이 나타났다.

"어두운 데 앉아 뭐 하고 있니?" 어머니는 걱정스러운 눈길로 나를 살피며 물었다.

"전화했어요."

"누구랑? 카톨리카랑?"

"네."

"어쩌다 며칠 전부터 너희들 그렇게 전화를 자주 하게 됐어?"

나는 대답하는 대신 어머니 뺨에 살짝 입을 맞추며, 안녕히 주무시라고 인사했다.

내 방은 아주 더웠다. 들어가자마자 나는 문을 잠그고 창문을 활짝 열었다. 별이 가득한 아름다운 밤이었다. 달빛은 없지만 아주 맑았다. 아래 정원에 나무들의 윤곽이 뚜렷이 보였다. 이쪽에는 목련, 조금 저쪽에는 전나무, 저 아래 주랑현관의 아치 세 개가 끝나는 맞은편 구석에는 피나무가 있었다. 꽃밭과 꽃밭 사이에는 뽀얗게 우윳빛 자갈이 깔려 있었고, 주랑현관의 컴컴한 통로 앞에 펼쳐진 한결 새하얀 공터 한가운데에 검은 점 하나가 꼼짝하지 않고 있었다. 아마도 돌이거나, 아니면 백 살 된 우리 집 거북 필로메나일 터였다. 어머니는 저녁식사 때 필로메나가 겨울잠에서 깼다고 즐겁게 알려주었다.

"필로메나!" 나는 숨죽인 목소리로 외쳤다. "야!"

하지만 돌인지 거북인지, 검은 점은 움직이지 않았다.

나는 뒤로 물러나서, 천천히 옷을 벗고, 창문을 닫지 않은 채 침대에 눕고는 두 손을 깍지껴 목덜미에 댔다. 나는 완전히 발가벗고 있었다. 정원에서 나무와 풀의 강렬한 향기가 올라왔다. 카톨리카가 거짓말을 하지 않았다고 더없이 확신하며 나는 루차노를 생각했다. 물론 그렇겠지! 나는 속으로 말하고 또 말했다. 루차노가 나에게 저지른 부당함이 나를 짓눌렀고, 동시에 커다란 중압감에서 벗어나 가볍고 행복한 느낌이 들었다. 물론이지! 루차노가 배신자라는 것을 그렇게 오랫동안 몰랐다니 정말 바보였어! 나는 화를 내고 신경질을 내보려고 나를 다그쳤다. "멍청이!" 이를 악물고 중얼거렸다. "개자식!" 내일 학교에서 당장 그 유다를 모욕할 거야. 바로 코앞에서 물을 거야. "그래, 정말로 그랬어? 나를 욕하고 다녔다며?" 그리고 그가 부정하거나 긍정하기도 전에 모두들 앞에서 뺨을 후려칠 거야. 그 장면이 눈에 선했다. 눈은 머리 밖으로 튀어나올 듯하고 시뻘겋게 달아오른 내가 때리려고 주먹을 쳐들고 있고, 조그맣고 초라하고 비열한 날강도는 내 발치에서 버둥대며 멍들고 부어오른 얼굴을 막으려 애쓰고, 다른 친구들은 말없이 주위를 둥글게 둘러싼 광경이었다. 나는 격분하여 마구 때리고, 루차노는 막지도 못한다. 그저 굳은살이 박인 역겨운 손바닥을 보이면서 얼굴을 가리고 울지도 못하고 있겠지. 단지 맞고만 있을 거야.

다음날 꿈도 없이 납처럼 무거운 잠에서 깨어나자 모든 것이 새로운 모습이었다. 나는 루차노와 절교할 이 기회를 활용해, 오래전부터 내 하루를 비밀스럽고 고백할 수 없는 괴물 같은 악몽으로 어둡게 만든 예속에서 단번에 벗어나기로 결심했다. 하지만 심판자로서의 역할이란, 내게 실현하기 어렵고 터무니없음이 금세 드러났다. 조베카 대로와 보르골레오니 거리가 만나는 모퉁이에서 루차노가 나를 기다리고 있었고(그는 당연히 나를 기다렸고, 그를 보자마자 죄의식과 두려움이 한데 얽힌 모호한 느낌이 나를 사로잡는 것을 느꼈다) 나는 마치 아무 일도 없었던 듯이 행동하려고 노력했다. 햇살이 비치는 선선한 아침에 우리는 함께 학교를 향해 걸어갔고 이런 저런 이야기를 나눴다. 이따금 나는 그를 곁눈질했다. 회색 비쿠냐 원단 바지에 홍학처럼 메마른 다리를 한 그는 어느 때보다도 작고 초라하고 허약해 보였다. 하지만 살짝 튀어나온 길쭉한 이마, 그 수많은 악의의 본거지를 차마 바라볼 수 없었다.

입구의 복도를 따라 여느 때와 다름없는 무리 속에서 나는 카톨리카를 발견했다. 볼디니와 그라시와 함께 둘 사이에서 크고 늘씬한 모습으로 걷고 있었고, 진지하고 단단한 눈빛으로 나를 쳐다봤다. 나는 못 본 척했다. 하지만 교실에서 수업이 시작되기를 기다리는 동안 그가 먼저 말을 꺼냈다.

"멋진 행동이네." 그는 모욕당하고 불쾌하다는 표정으로 말했다. "어제저녁 왜 그렇게 전화를 끊었는지 알 수 있을까?"

"미안해." 나는 중얼거렸다. "왜 그랬는지 나도 모르겠어."

"믿는 거야, 안 믿는 거야?"

창백하고 야윈 그가 중세 수도사의 눈처럼 눈구멍 저 깊숙이에서 열광으로 타오르는 검은 눈으로 나를 면밀하게 훑었다. 그를 이끄는 것은 단지 나를 모욕하고 싶은 욕망뿐임을 나는 깨달았다. 그러나 지금 나에게는 그가 필요했다. 그 말고는 어느 누구도 나를 도울 수 없었다.

"증거를 보여주면 믿겠어." 나는 대답했다.

누군지 기억나지 않지만 선생님이 들어왔고, 우리는 침묵해야 했다. 하지만 오전 내내 카톨리카는 여러 번 다시 말을 꺼냈다. 그렇게 함께 한 손으로 입을 가리고 이야기하기는 어려웠지만 그래도 우리는 이어갔다.

그는 정당하다고, 증거를 요구하는 것은 아주 정당하다고 말문을 열었다. 하지만 그러면 내가 자기 집으로 와야 한다고 했다.

"너희 집에!"

"물론. 풀가도 부를 거야. 그러면 어떤 말을 하는지 너 스스로 들을 수 있을 거야."

"그런데 뭐라고 하는데? 간단히라도."

"내가 말해주기를 바라는구나." 그는 불쾌감으로 얼굴을 찡그렸다. "그렇다면 아마 상당히 오랫동안 기다려야 할걸. 나는 뒷말하는 게 싫어. 어휴!"

이제 대면해야 한다는 생각이 나를 겁주고 있었다.

"직접 듣다니!" 나는 중얼거렸다. "하지만 어떻게?"

"다시 말하지만 일단 와봐. 그애가 입을 열게 할 아주 좋은 계획이 있어. 걱정하지 마."

"언제 가면 돼?"

"오늘이라도. 너 괜찮으면."

"몇시에?"

"아, 네가 편한 시간에." 그는 친절하게 말했다. "네시, 다섯시, 여섯시, 일곱시, 몇시든…… 네가 원할 때 와." 그리고 미소지었다. "다만 나에게 정확히 알려주기만 하면 돼."

나는 검지로 볼디니와 그라시의 등을 가리켰다.

"그럼." 그가 확인해줬다. "쟤들도 있을 거야. 필요해."

나는 여전히 망설였지만 결국 동의했다. 어떤 핑계로든 풀가를 떼어내고 여섯시에 그의 집으로 가겠다고 말했다.

"시간을 지켜야 해." 그가 강조했다. "안 그러면 문 앞에서 마주칠 위험이 있어."

밖으로 나오자 루차노가 곁으로 왔다. 나는 차분해져 있었고, 이제 각오가 섰다.

"저기, 오늘은 오지 않는 게 좋겠어." 보르골레오니 거리 끝에 이르렀을 때 나는 말했다.

그가 눈썹을 추켜올렸다.

"오지 말라고? 왜?"

조금 전 학교 현관홀에서, 나는 카톨리카가 그에게 뭔가 말했고, 그러자 그가 말없이 고개를 끄덕이는 것을 보았다. 정말 위선자야! 나는 생각했다. 얼마나 잘 위장하는지, 더럽고 역겨운 벌레!

"일이 있어." 나는 간단히 대답했고, 불안하게 내 눈길을 좇는 그의 푸른 눈을 피하면서 입술 위에 맺힌 작은 땀방울을 응시했다.

"일이 있다고!"

나는 가장 먼저 머리에 스치는 말을 내뱉었다. 자코모 삼촌한테 가야 해. 어머니랑 함께.

"다시 목이 아픈 거야?"

"응, 그래."

나는 힘들게 침을 삼키는 척했다.

"삼촌은 주사를 놔볼 생각인 것 같아."

그가 기묘한 표정으로 나를 응시했다. 슬프고 울적하게. 마치 내가 거짓말하는 걸 알아챈 듯이. 마치 모든 것을 알아챈 듯이.

"알았어. 그런데 몇시에 삼촌한테 가? 혹시 늦게 가는 거면 내가 조금 일찍 갈 수 있어. 아마 세시나 세시 반에."

"아니야. 그러지 마. 몇시에 삼촌과 만날지 몰라."

우리는 조베카 대로의 모퉁이, 바로 아침에 만났던 곳에 멈춰 이야기했고, 거기에서 헤어졌다.

정확히 여섯시에 나는 카톨리카 집의 초인종을 눌렀다.

그가 나타나 문을 열었고, 문 앞의 시멘트 계단을 세 걸음 내려와 내 자전거를 어깨에 메더니 앞장서서 작은 입구로 들어갔다.

밖은 아직 밝았다. 나는 내리비치는 햇살을 눈에 받으며 동쪽에서 서쪽으로 도시를 가로질러왔다. 하지만 카톨리카 집의 작은 현관에는 창문이 없었고 촉광이 낮은 전등 하나짜리 빛뿐이어서, 어둡고 거의 보이지 않았다. 나는 훑어보았다. 반짝이고 미끄러운 어두운색 타일 바닥, 도로 쪽 문가 벽 앞에 세워둔 커다란 구식 옷걸이, 바깥의 세 계단과 마찬가지로 시멘트로 된 단조롭고 장식 없는 계단. 계단은 각진 나선형 곡선을 그리며 위층으로 이어졌고, 계단 아래 맞은편에는 유리문이 반쯤 열려, 그 너머 식당에서 울적한 햇살이 가로지르는 것이 보였다. 옷걸이에 자전거 세 대가 겹겹이 기대어 있었다. 첫번째가 카톨리카의 회색 마이노 자전거였다. 카톨리카는 자전거들 옆에 내 것도 놓았다가 후회하더니 다시 어깨에 둘러멨다.

"뭐하는 거야?" 나는 소곤대며 물었다.

"저쪽 식당으로 옮기는 편이 신중하겠어." 그도 소곤대며 대답했다. "걔는 교활해서 분명히 알아챌 거야."

그가 유리문으로 가더니 식당으로 사라졌다.

"다른 애들은 왔어?" 나는 자전거들을 알아보고는 또 질문을 던졌다.

"뭐라고?"

"볼디니와 그라시가 와 있는지 궁금해서."

그가 다시 나타났다.

"물론." 그는 말했다. 나를 보지 않고 손수건으로 손을 닦는데 몰두했다.

그가 앞장서고 나는 뒤따르며 더는 아무 말도 없이 계단을 올라갔고, 위층에 있는 일종의 대기실 같은 곳에 다다랐는데 마찬가지로 좁고 황량해서 마치 아래층 현관이 그 위로 확장된 것 같았다. 딱 하나 있는 창문에서 장밋빛 커튼을 통해 희미한 빛이 들어왔다. 여기에도 구석 벽에 어두운색 옷들이 잔뜩 걸린 검은 옷걸이가 언뜻 보였다. 왼쪽에 문 두 개가 있는데 모두 닫혀 있었다. 하지만 나무 틈새와 가까운 문의 열쇠 구멍에서 핏빛의 맹렬하고 아주 선명한 빛이 새어나왔다.

문이 열리고 카톨리카가 그 빛 속으로 잠겨들어갔다.

"들어와, 들어와." 그의 말이 들려왔다.

10

눈이 부셨지만 (예상과는 달리 전깃불이 아니라 기우는 햇살이 방을 가득 채운 것이었다) 나는 들어갔고 얼떨떨한 채로 주위를 둘러보았다.

방은 컸다. 일종의 홀 같았고, 수평의 널따란 창문이 서쪽 벽의 절반을 차지하고 있었으며, 더 작은 다른 창문은 카보우르 대로와 저수조, 연병장 풀밭 쪽으로 나 있었다. 하지만 들어가는 순간 바로 눈에 들어온 것은, 큼지막한 사각형 책상에 역광을 받으며 앉은 볼디니와 그라시, 그리고 마주 놓인 밝은 색 목제 책장 두 개를 가득 채운 근사한 장정의 책들, 방 가운데에 낮은 탁자를 사이에 두고 마주보는 반질거리는 검은색 가죽 소파와 같은 가죽으로 된 팔걸이의자 두 개, 흠 하나 없이 왁스칠을 한 바닥의 마루와 거의 바닥 전체를 덮은 카펫, 문 옆으로는 부드러운 모직 담요를 정성스레 개켜둔 침대와 침대맡의 우아한 침대 탁자가 보였다. 그러니까 분명 집에서 가장 넓고 아름다운 방일 그 방의 화려한 모습이 눈앞에 펼쳐졌고, 거기에 비하면 루차노가 그토록 칭찬하고 경탄하던 내 공부방은 한갓 다락방에 불과했다. 카톨리카가 자기 책상에 '여자애들'까지 포함해 일학년 전체가 앉을 수 있다고 자랑한 게 결국 아주 과장은 아니었어! 그리고 다시 한번 타락한 작은 아랍 부호 같은 그 화려함 뒤에서, 사랑하는 외아들이 삶과 경력에서 찬란한 목표에 도달하도록 어떤 희생도 치를 준비가 되어 있는 부모의 열광을 직감하면서 (특히 수학 선생님인 어머니가 더욱 그랬다. 나는 어느 날 아침 그가 어머니와 팔짱을 끼고 학교에 오는 것을 본 적 있는데, 그녀는 키가 크고 창백하고 말랐으며, 두 눈은 움푹한 눈구멍 안에서 부단히 움직였고, 들리는 바에 의하면, 하루에 열 번이고 열두 번이고 거듭거듭 공부를 시킨다고 했다) 또다시 나는 내 짝에게 처음부터 느끼던 질투가 뒤섞인 모호한 반감에 사로잡히는 것을 느꼈다.

나는 볼디니, 그라시와 '안녕' 하고 인사한 뒤, 책상 한쪽에 앉았다. 맞은편에는 녹색 실크 전등갓을 씌운 커다란 전등에 머리가 반쯤 가려진 볼디니가 있었고, 왼쪽에는 그라시가, 오른쪽에는 벌써 앉아 이야기를 시작한 카톨리카가 있었다. 나는 루차노가 곧 도착할 것 같다는 걱정 말고도 그애에 대한 불신과 분노에 사로잡혀 불안해했다. 하지만 카톨리카는 아주 평온해 보였다. 그는 이방인을 손님으로 맞아 술술 대화를 이끌었다. 불행히도 먹을 거나 마실 건 줄 수 없겠다, 그는 열의에 찬 반짝이는 검은 눈으로 말했다. 집에는 우리밖에 없고, 어머니는 아홉시나 되어야 돌아오시거든…… 그러고는 바로 문제의 핵심을 꺼냈다. 마음이 내키진 않았지만('비겁한 방법'을 사용하는 것은 절대 내 습관이나 '스타일'이 아니니까), 네가 눈을 뜨도록 난 지난 며칠 동안 최대한 노력했어. 그런데 넌? 넌 그런 내 노력에 어떤 식으로 보답했지? 내 말을 그다지 들으려 하지 않았을 뿐 아니라, 정말로 나쁜 녀석은 풀가가 아니라 바로 나라고 생각하는 것 같은 태도를 취했지. 하지만 참 다행이야, 이제 네가 깨닫고 내 진심을 믿게 되다니. 그리고 카톨리카는 볼디니를 가리키면서, 이 친구에게 물어봐, 이어서 그라시를 가리키며, 이 친구에게도, 하고 말했다. 풀가가 몇 번 자신들과 함께 공부하러 왔을 때 (대략 한 달 전에 네가 거의 이 주 동안 아팠을 때 있던 일이야) 끊임없이 역겹게도 너를 헐뜯은 것이 사실인지 아닌지 물어보라고. 그애는 바로 거기 네가 앉은 그 자리에 앉아 마음껏 과제를 베끼면서 기회가 있을 때마다 너를 공격했지. 그리고 분명히 누구도 절대로 그러라고 부추길 생각은 꿈에도 없었는데 혼자서 하도 너를 공격하길래, 한번은 내가 참다못해 혹시 네가 그애한테 잘못한 게 있는지 물었어. 그러자 그 나쁜 녀석이 곧바로, 물론 아니라고, 네가 잘못한 것은 전혀 없고, 하지만 그렇다고 해서 네가 어떤 사람인지, 얼마나 가치가 있는지에 대해 객관적으로 (객관적이라고 말했다니까, 알겠어?) 평가하지 않을 순 없다고 하더라.

　나는 듣고 있었다. 카톨리카가 열성적으로 앙상한 검지로 볼디니와 그라시를 가리키며 물어보라고 재촉했을 때 나는 순순히 따랐다. 그에게서 시선을 거두어 먼저 볼디니에게, 다음에 그라시에게로 옮겼다. 카톨리카가 "사실이야, 아니야?" 묻자, 볼디니는 심각하게 고개를 끄덕였는데, 그러면서 책상 위로 깍지끼고 있던 자기 손을 물끄러미 바라봤다. 그라시는 공책을 짓누르다시피 구부정히 몸을 숙이고 인형을 그리고 있었는데, 듣지도 못한 것 같았다. 하지만 그의 침묵도 같은 의미였다. 동의한다는 것, 바로 카톨리카가 설명한 대로 사실이라는 것. 둘 다 학교에서 늘 보던 것과 많이 다르다고 나는 생각했다. 볼디니의 머리칼은 금발이 아니라 오히려 붉은 기가 돌았다. 그리고 마치 거대한 하나의 주먹처럼 깍지긴 두 손을 보니, 카톨리카가 그의 특징으로 꼽던 신체적 힘이 이제야 나에게 확실히 보였다. 그러면 그라시는? 그라시도 달라 보였다. 카톨리카는 그를 실비오 펠리코에 견주었다. 정확했다. 그는 인형 그림에 완전히 몰두해 있었고, 이따금 혀끝을 내밀고는 한동안 그대로 있다가 취한 것 마냥 입가에 혀를 빼물고 있기도 했다. 정확했다. 카톨리카의 비유는 정말로 적확했다.

갑자기 나는 자리에서 일어섰고, 창문으로 다가가 이마를 유리에 갖다댔다. 막 기차역 맞은편 설탕 공장 뒤로 사라진 태양은 이제 눈부시지 않았고, 펼쳐진 공간의 풍경, 카톨리카의 집과 성벽 사이의 채소밭들과 정원들, 그리고 그 너머, 끝도 없는 들판을 보자, 불현듯 저기에 있고 싶다는 열망이 순간 차올랐다. 성벽 위에서 축구공을 뒤쫓는 아이들과 함께하거나, 아니면 낮은 창들을 활짝 열고 지금 이 순간 역에서 천천히 빠져나가고 있는 완행열차 안에, 아니면 저기 멀리에 폰텔라 고스쿠로의 아름다운 아스팔트 도로를 따라 달리는 양철 상자처럼 조그마한 노란색 전차 안, 바람결에 덜컹거리며 포강 제방의 검은 수평선을 향해 멀어지는 전차 안에 있고 싶었다. 지금쯤 바깥은 분명 시원해지기 시작했으리라. 오늘이 아니라면 내일 이맘때 나는 자전거를 타고 포강을 보러 갈 것이다. 강물이 가득 차오른 포강을 보러. 그리고 마침내 난 혼자가 될 것이다. 루차노의 가면을 벗긴 다음에. 그와 절교하고 다른 모두와도 절교한 다음에. 영영 혼자일 것이다.

"진짜 막돼먹은 녀석이야!" 카톨리카는 반복했다. "풀가 같은 인간들이 세상에 있다고 생각하면 피가 거꾸로 솟는 것 같아."

나는 몸을 돌렸다. 빨리 끝내고 싶었다.

"그런데 정말 올까?"

"걱정하지 마. 다른 사람 집에 기어들어가기 위해서라면 그 녀석은 말라빠진 두 다리로 하루에 몇 킬로미터라도 갈 준비가 되어 있어. 어떤 잡종 개들은 휘파람을 불면 냅다 달려와 꼬리를 흔들어대지? 진정한 외지인답게 풀가가 딱 그래. 다른 사람 집에 기어들어가려고 안달이라니까! 뭔가 필요해서 그러는 것도 아니야. 그냥 성격 문제야. 있잖아, 나는 잡종 개도 아니고 외지인도 아니라서 그런지, 뒤섞인 건 못 참겠어. 소름이 돋아. 나는 내 집에서 잘만 지내는데, 반대로 자기네 집에서 지내는 걸 못 견뎌하는 사람들이 있더라고……"

"몇시에 온다고 했지?"

그는 크롬 도금이 된 멋진 에버하르트* 손목시계를 들여다보더니 입술을 비죽거렸다.

"아직 시간 있어. 일곱시까지는 나타나지 말라고 내가 몇 번이나 말해뒀어. 말 잘 들으니까 합류하려면 아직 이십오 분 이상 남았어."

그는 '알아서 입을 열게 할 계획'이 있다고 말해주었지만, 나는 왠지 모르게 일종의 재판을 준비했다는 생각이 들었다. 그가 법정의 재판장 역할을 하고, 볼디니와 그라시는 배석판사 겸 증인 겸 검찰 역할을 동시에 맡고, 나와 루차노는 법정에서 말로 다투는 역할로 말이다. 나는 실질적으로 직접 대적하게 되리라고 생각했었다. 그리고 바로 그 전망 때문에 몇 시간 전부터 점점 더 강해지는 고통에 사로잡혀 가슴이 서서히 조여오고 있었다. 그래서 카톨리카로부터, 그의 그 대단한 계획에 내가 방에 있어야 한다는 사항은 전혀 들어 있지 않으니, 고로 어떤 '난투극'도 없을 거라는 말을 듣고서야, 나는 안도했다. 루차노가 도착할 때 나는 그저 가까운 방으로 가면 되고 (그렇게 말하면서 카톨리카는 내가 미처 보지 못한 볼디니 뒤의 문을 가리켰다) 거기에서 '그 녀석'이 틀림없이 또다시 나에 대해 토해낼 모든 말을 아주 편안히 들을 수 있다는 것이었다. 나는 듣기만 하면 됐다. 그러니 그 방에 (부모님 침실인데) 당장 잠시 가보지 않겠어? 일부러 문도 살짝 열어뒀어. 그래야만 어떻게 들을지 앞서 살펴볼 수 있을 테고.

---

* 1887년 설립된 스위스 유명 시계회사의 상표.

루차노를 안 봐도 된다니, 카톨리카가 그애가 말하도록 할 거고, 그동안 나는 그애 얼굴을 안 봐도 된다니! 나는 갑작스러운 희열에 압도당했고, 볼디니의 등을 스쳐 옆방으로 들어섰다.

그 안은 어두컴컴했다. 최소한 내게는 그랬다. 지하실처럼 시커먼 어둠이었다.

나는 문 옆으로 갔고, 틈새에 시선을 고정한 채 즐겁게 말했다.

"말해봐, 말해보라고!"

"저기, 잔니." 카톨리카가 볼디니를 돌아보며 조용히 말을 꺼냈다. "내 생각으로는 이 문제는 절대……"

"그래, 맞아……" 볼디니가 말했다. "그래, 맞아……"

"들려?" 카톨리카는 목소리를 높이며 물었다.

"잘 들려! 아주 잘 들려." 나는 외쳤다.

그리고 공부방으로 돌아왔다.

나는 자리에 앉았지만 이제 서로 무슨 말을 해야 할지 몰랐다. 그라시는 다시 그림을 그리기 시작했고, 볼디니는 펄럭이는 검은색 천조각 같은 박쥐들에 정신이 팔린 듯 밖을 내다보았다. 때로는 박쥐들이 창유리에 너무 가까이 날아와서 부딪치기라도 할 것 같았다.

어둑해지고 있었다. 카톨리카도 말이 없었다. 그는 다시 시계를 흘끗 쳐다봤다.

"몇시야?" 내가 물었다.

"아직도 십 분 전이야."

그는 불만스러운 듯 머리를 내저었다. 나는 뭔가 일이 잘 안 풀리는 게 있느냐고 물었고, 그는 아니라고 했다. 재차 묻자, 그는 그렇다고, 실은 잘 안 풀리는 점이 있다고 인정했다.

"어쩌면 우리는 아예 다 잘못하고 있는지도 몰라." 그는 말했다.

그리고 나를 응시하면서 덧붙였다. 풀가가 실컷 떠들게 놔둔 다음, 만약 내가 은신처에서 나와 바로 그 자리에서 그에게 '한바탕 타격'을 가하고 싶다면 망설일 필요가 없다는 것이었다. 자신들 세 명은 누구도 절대 말리려고 하지 않을 거니까. 전혀.

"아니, 어떻게! 여기서?" 나는 소리쳤다.

"물론이지. 벌을 미루면, 죄를 반쯤 용서해준 것과 같아. 가령 내일 아침 학교에서 너는 그애를 한쪽으로 데려가 이렇게 말할 수도 있어. '있지, 루차노……'" 그러고는 마치 내가 루차노와 이야기하면 대개 그런 어조라는 듯이, 콧소리를 섞어 나긋나긋한 투로 말하기 시작했다. "'있지, 루차노, 어제저녁 카톨리카 집에 나도 있었어. 문 뒤에 숨어 있었어.' 하지만 만약 네가 그런 식으로 시작하면 망했다고 생각해야 해. 풀가 같은 사기꾼에 교활한 녀석은 그렇지 않다고, 그런 의도가 아니었다고, 네가 오해했다고 너를 설득할 수도 있어. 아마 버럭 화를 내면서 그러면 안 된다고, 친구는 친구에게 그런 함정을 파지 않는다고 우길 수도 있어. 어쨌든 자신은 바로 모조리 눈치챘지만, 너에 대해 조금 나쁘게 말한 건 다 너를 벌주려고 일부러 한 거라고 말할지도 모르지…… 너희 둘이 눈에 훤히 보이네." 그는 웃었다. "그러면 늘 그랬듯 전부 다 물거품이 되겠지."

그의 말이 옳았다. 나도 나 자신과 루차노를 봤다. 얼마 후에 루차노는 다시 우리 집으로 숙제하러 올 것이다. 마치 아무것도 아닌 듯이. 마치 아무 일도 일어나지 않은 듯이.

"좋아." 나는 주위를 둘러보며 불확실하게 말했다. "하지만 여기서 어떻게 해?"

카톨리카가 벌떡 일어났다.

"내가 링을 만들어줄게."

순식간에 혼자서 가죽 소파와 작은 탁자를 창문 아래로 끌고 갔고, 그런 다음 팔걸이의자들을 그 맞은편 두 책장 중 하나에 기대어두었다. 마지막으로 가운데 카펫을 둘둘 말아 침대 밑에다 감췄다.

"자, 됐네." 그는 힘을 쓰느라 상기된 얼굴로 우리에게 돌아와 말했다.

책상 맞은편에서 볼디니가 푸른 눈동자를, 루차노의 눈과 꼭 같은 얼음장 같은 푸른색 눈을 치떠 나를 향했다. 똑바로 내 얼굴을 응시하고 있었다. 마치 내면의 소심함을 억누르듯이 입술을 팽팽히 당기더니, 진지하게 나에게 물었다.

"혹시 두려운 거 아니지?"

나는 웃음을 터뜨렸다.

하지만 그다지 넘어간 것 같진 않았다. 내 몸무게가 얼마 나가느냐고 물었다. 그런 다음 내가 루차노의 몸무게를 얼마로 보는지 알고 싶어했다. 그리고 내 대답을 기다리지도 않고,

자기 생각으로는 '한 방'만 잘 날리면, 충분히 '때려눕힐' 수 있다고 결론내렸다.

볼디니는 일어나, 그라시 뒤를 지나 나에게 와서 팔근육을 더듬어봤고(카톨리카는 또다시 말없이 그저 고개를 끄덕였을 뿐이고), 그러면서 다가올 매치 결과에 대해 계속해서 나를 안심시키고 어떻게 가격해야 할지 조언했다. 왼손으로 복부 정중앙을 친 다음 오른손으로 턱에 더블펀치를 가해야 한다고 했다. 간단하지. 아무것도 아냐.

"내가 보여줄게."

나는 그를 따라 방 한가운데 링 중앙으로 갔다. 그리고 여전히 거기서 서로 마주본 채, 멍한 눈을 한 카톨리카와 그라시 앞에서 '기술'을 해보고 또 해보고 있을 때, 초인종이 울렸다.

11

조금 전 내가 잠시 들어갔을 때 카톨리카 부모님의 침실은 완전히 어둠에 잠긴 듯했다. 하지만 아니었다. 되돌아가보니 충분히 잘 보인다는 것을 바로 알 수 있었다.

저쪽에서 책상 전등을 켰다. 불빛은 살짝 열린 문틈으로 새어들어오며 하얀 띠가 되어, 중간에 무엇에도 부딪히지 않고, 내 발밑에서 일층과 동일한 어두운색 육각 타일이 깔린 바닥을 또렷이 갈랐다. 희미한 불빛이 지하묘지에서처럼 방 안에 고루 퍼져 있었는데, 주로 내 오른쪽 벽 중앙에 걸린 성화聖畵 아래에 켜진 25촉짜리 자그마한 전구에서 나오는 빛이었다. 불빛은 성화를 비추고 있었고(예수의 모습이었는데, 힘없는 파란 눈, 한가운데로 가르마 탄 금발, 새하얀 이 두 개가 살짝 드러나게 벌어진 옅은색 입술, 여성스럽고 석고 같은 손을 온화하게 들어올려 가슴에 기괴한 과일처럼 놓인 붉고 커다란 심장을 가리키고 있었다), 그 아래로 나란히 따로 놓인 두 침대의 윤곽과 그 뒤편 옷장과 장롱의 거무스레한 형체도 비춰주었다.

나는 긴장하고 집중하고 있었지만 평온했다. 예수와, 과하게 커다란 그 붉은 심장을 응시했다. 내 심장도 처음에는 목구멍까지 격렬히 튀어오를 듯했지만, 이제는 평온했다. 나는 카톨리카와 루차노로부터 불과 몇 미터 떨어져, 더이상 저기에 있지 않았다. 둘은 천천히 계단을 올라와 이층 입구에서 여전히 머뭇거리며 잡담을 하고 있었다. 나를 숨긴 방은 홀연 현실의 어느 곳보다 더 비밀스럽고, 더 멀고, 심지어 더 어둠에 싸인 장소가 되었다. 대양처럼 광막한, 드넓은 공간의 품속에서 길 잃은 하나의 점……

네 명 모두 책상에 둘러앉으면, 루차노는 아마 조금 전 내가 앉았던 자리를 차지할 텐데, 나에 대해 뭐라고 말하게 될까?

그들에게는 두 시간이 있었다. 나를 피 말리게 하는 데서 얻는 즐거움과는 별개로, 카톨리카가 행동을 서두를 마음이 전혀 없었던 건 그 때문이었다. 생쥐를 갖고 노는 고양이처럼 그는 음흉하고 인내심 있게 생쥐가 유창한 볼로냐 달변을 주절주절 늘어놓는 것을 듣고 있었다. 시시한 것들에 대해 떠들었고, 풀가 역시 회피하고 있었다. 그래서? 거의 내내 침묵을 유지하면서 카톨리카는 이렇게 말하는 것 같았다. 그래서? 하지만 작은 악당 풀가는 마음을 가라앉히고, 그곳에 자신을 받아들인 그 귀중한 선물에 가능한 한 보답하기 위해 재미있고 흥미롭게 보이려고 최선을 다하고 있었다. 조만간 (루차노의 목소리가 끊임없이 윙윙대는 가운데 카톨리카가 드문드문 대답하고 신중하게 개입하는 어조에서 나는 그가 얼마나 자신을 확신하고 있는지 깨달았다) 루차노는 나까지 포함하여 모두가 공모한 그 짓을 정확하게 하게 될 것이다.

꽤 오랫동안, 거의 반시간 동안, 루차노는 단지 간접적이고 부차적으로만 나와 관련해서 이야기했다.

그는 숙제 이야기로 시작했다. 그들에게 숙제를 끝냈는지 물었다. 그리고 카톨리카가 그렇다고, 방금 그가 도착하기 직전에 끝냈다고 대답하자, 한숨을 쉬었다. 그래, 너희는 좋겠다! 반대로 난 일부밖에 못했어, 라틴어와 이탈리아어는 했는데, 그리스어는 아직이야. 아니야, 고마워, 정말 고마워! 그가 외치면서 턱이 옆으로 급격하게 비틀리는 것이 말 그대로 눈에 선했다. 그리고 카톨리카가 자신한테 공책을 빌려줄 필요는 전혀 없다고 했다. 적어도 한 번쯤은 혼자 해내려고 노력하는 게 사실이기도 하고, '암덩어리' 구초 선생님이 내준 『일리아스』 아흔여덟 행 번역은 아직 저녁 내내, 저녁식사 후, 다음날 아침이 남아 있다고 했다.

숙제에서 철학 이야기로 넘어갔다.

라체티 선생님은 분명히 나한테 질문을 할 거야. 그래서 내일 아침 『일리아스』를 끝낸 다음 『파이돈』도 꼭 한번 훑어볼 작정이지만, 알 수 없지…… 그리고 『파이돈』 말인데, 라체티 선생님은, 그래, 철학 담당도 아니고, 사실 역사를 가르칠 때도 쓰는 흔하디흔한 개요 일람표와 요약본들을 활용해서 끌어가고 있는 거잖아. 하긴 플라톤도 최소한 그 불쌍한 영감쟁이 라체티만큼이나 어리석잖아? 그리고 소크라테스! 언제나 나는 뭐든지 알고 있네 하는 식이지만 사실은 너무나 바보, 너무나 멍청이고! 마지막엔 그 유명한 독배를 마시게 됐으니(여기까지 읽었는데) 참 다행이야. 하지만 플라톤과 소크라테스를 빼더라도, 내 소박한 의견을 말하자면, 철학은 대체로 정말 거대한 엉터리지.

"그게 무슨 말이야." 카톨리카가 반박했다. "철학은 결코 종교가 아니야, 믿고 말고 하는 게 아니지!"

"내가 잘 몰라서 미안해. 그런데 그렇다면 도대체 뭐야?"

느릿느릿 너그럽고 관대하게 카톨리카는 철학에 대해 어떻게 생각하는지 설명하기 시작했다. 그라시도 이따금 맞장구를 쳤고 볼디니도 그랬다.

"너희가 말하는 대로겠지." 어느 순간 루차노는 한숨을 쉬었다.

그렇지만 줄곧 '손장난만 해대는' 바람에 아주 조금만 남은 뇌로, 만약 내일 아침 라체티 선생님이 변덕을 부려 날 부르기라도 하면 얼마나 점수가 엉망이 되겠어. 불행히도 나는 카톨리카 너처럼 뭐든지 한 번 읽기만 해도 모두 아는 게 아니니까! 난 지능도 모자라고, 기억력도 빈약하니까……

그래도 『파이돈』 얘기로 돌아오자면, 아까도 말했지만, 나한테는 그냥 한무더기의 잡담처럼 보여. 그런데 아마 그것도 거짓말이겠지만, 그래도 상당히 설득력 있는 이론이 있긴 있어.

"분명히 윤회설이겠지." 카톨리카가 말했다.

"어떻게 알았어?"

카톨리카는, 『파이돈』에서 자신이 믿지 않는 것이 하나 있는데, 바로 영혼이 사람에게서 동물로, 또 그 반대로 옮겨간다는 이론이라고 대꾸했다. 그것을 믿으려면 가톨릭교를 버려야 했다. 그런데 자신은 착실한 가톨릭교도로서 지옥과 연옥과 천국을 믿는다고 했다.

"더 논쟁하지 않을게." 루차노는 반성조로 대답했다. "비록 윤회설에 진실한 뭔가가 있다고 나는 느끼지만 말이야."

그리고 이어서 말했다. 들어봐. 예를 들어 구초 선생님은 두 팔과 두 다리를 갖고 태어나기 전에는 아마 살무사든 코브라든 독사였을 거고, 하느님이 뜻하시는 대로 삶이 끝나자마자 다시 독사로 돌아갈걸. 위층에서 레토르트와 증류기가 가득한 자기 실험실에 웅크리고 있는 크라우스 선생님은 정말이지 딱 올빼미지만 어쩌면 오리였을지 모르는데, 엉덩이만 봐도 알 만하지. '반리터' 교장은 아마 지렁이였겠지. 들판에서 흙무더기를 발로 차면 득실득실 나타나는, 엄청 조그맣지만 하나같이들 그렇게나 통통하고 불그죽죽한 지렁이 말이야.

그런 다음 점차 아래로 내려와 반 애들에 대해 말하기 시작했다. 마찬티가 생쥐였다는 건 너무 뻔한데, 창고 쥐인지, 지하실 쥐인지, 하수도 쥐인지가 문제지. 키에레가티는 짐을 지는 노새였고, 라투가는 당연히 돼지겠지만 혹시 하이에나였을지도 몰라. 하이에나는 시체들, 무덤 속 시체들을 먹고 사는데 돼지보다 더 심한 악취를 풍기거든. 카무리는 눈먼 두더지,

드로게티는 그 코를 보니 낙타였고, 셀미는 말(비실대는 말이었겠지만), 베로네시와 다니엘리는 불쌍하게도 수탕나귀였고, 영원히 '물건'이나 덜렁거렸겠지, 아무튼. 그런데 윤회설은 아마 순 거짓말이겠지만, 만약에 그렇지 않다고 잠시 가정해본다면, 그애들은 모두 때가 되면 원래의 형태로 다시 돌아가겠지만, 라투가는 예외적으로 틀림없이 버러지로 다시 태어날걸. 다리를 반쯤 똥에 담근 채 사람 내장 안에서 '첨벙거릴' 거고, 마찬티도 하수구 생쥐로 다시 태어나지 못하고 사면발니로 태어나서 누군지도 모르는 사람의 음모 속을 헤매고 돌아다닐걸.

"여자애들을 잊었네." 카톨리카가 말했다.

"하지만 여자애들은 중요하지 않아. 너도 보잖아? 대체 뭐에서 왔겠어? 죄다 거위와 암탉이지."

스스로 대단히 만족하고 들떠서 낄낄거리는 소리가 들렸다.

"그러면 나는?" 카톨리카가 물었다. "네 생각으로는 나는 뭐에서 왔을까? 자, 말해봐."

"음, 너도 새였을 거야. 알프스에 사는 매나, 새매, 아니면 독수리일 수도 있겠다." 그는 콧소리를 내며 선언했다. "다른 사람들 위를 나는 독수리처럼……"*

"오호. 그럼 볼디니는?"

"기다려봐. 볼디니는 재규어 또는 바다코끼리였을 거야. 그

* 단테 『신곡』 「지옥」 4곡 96행의 구절.

리고 그라시 너는 뭐였는지 알아? 너는 비버였어. 커다란 앞니 두 개가 있고, 댐을 만드느라 늘 물속에 있는 비버 말이야……"

그는 계속했다. 나도 플라톤과 같은 의견인데, 모든 경우를 통틀어 다시 태어나면서 뒤로 되돌아가지 않는 남자나 여자는 극히 적을 거야. 나는 아마 개였을 것 같아. 그리고 비록 다시 개로 돌아갈지언정 마찬티나 라투가처럼 아주 밑바닥으로 굴러떨어지지는 않을 거야.

잠시 모두들 말이 없었고, 완전히 침묵했다.

"그러니까 요약하면……" 마침내 카톨리카가 말문을 열었다. "라투가는 내장 속 버러지, 마찬티는 사면발니고, 너는?"

"글쎄, 두고 봐야지."

그러더니 만약 다시 태어날 기생동물을 선택할 수 있다면, 자신은 차라리 가장 밑바닥으로 굴러떨어지고 싶다고, 이나 벼룩보다는 차라리 세균으로 태어나고 싶다고 말했다. 그게 가장 유익한 환생일 거야! 먹고 마실 걱정도 전혀 없고, 눈에 띄지 않으니까 안심할 수 있어…… 요컨대, 진정한 행운인 거지. 의무? 단지 좀 절제하기만 하면 돼. 말하자면 일부 세균들, 가령 장티푸스나 광견병, 파상풍, 폐렴 따위를 일으키며 며칠 만에 몽땅 망치는 걸 즐기는 세균들은 피하고, 성격 좋은 다른 세균들, 일단 편안한 자리를 발견하면 거기에서 조용히 이십 년이고 삼십 년이고 사십 년이고 빨아먹으며, 결국 누구도 귀찮게 하지 않는 그런 세균처럼 행동하면 돼. 매독균이나 일부 특이한 유형의 결핵균처럼 영리하게, 자신도 살고 다른 사람도 살게 하는 거지! 아버지도 언제나 그렇게 말하던걸.

　　그는 다시 낄낄거렸다. 나머지는 숨도 쉬지 않았다.

　　바로 이때 카톨리카가 내 이름을 꺼냈다. (마치 내 이름이 아니라, 다른 모르는 사람의 이름 같았다.)

　　카톨리카가 덧붙였다. "좋아, 네가 개였다고 치고. 그애는?"

　　"또다른 개지." 그는 망설이지 않고 대답했다. "의심의 여지가 없어."

　　하지만 이런 차이가 있어. 그가 계속했다. 장담하건대, 나는 크기도 작고 아무 가치도 없고, 노상 길거리를 쏘다니며 똥이니 오줌이니 '킁킁거릴' 지저분한 것이나 찾는 그런 '똥개'였겠지만, 반대로 그애는 순수하지만 잘 교배된 혈통의 '커다란 개'였을 거고, 언제나 정착할 가족을 쉽게 찾을 수 있었을 거야. 즉 크지만 아주 크진 않고, 멋지지만 아주 멋지진 않고, 강하지만 아주 강하진 않고, 용기 있지만 아주 용기 있지는 않은 개. 그러다 어느 날 '풀가 유형'의 잡종 개와 마주치면, 이 킬로그램쯤 더 무겁고 한 뼘 정도 더 큰 그 개는, 잡종 개를 원하는 대로 끌고 다니곤 하겠지. 그 '멋지고 큰 개'는 다른 개의 꼬리 밑으로는 코를 갖다대지 않겠지. 절대로!

12

한바탕 웃고 나더니 (카톨리카를 포함하여 네 명 모두 웃음을 터뜨렸다) 다시 시작했다. 이제 나에 대해 말했고, 조금 전처럼 루차노와 카톨리카의 목소리가 주도했다.

무슨 말을 했던가?

카톨리카는 루차노에게 어떻게 나를 떼어냈느냐고 물었다. 그러자 루차노는 내가 오늘 오후에 함께 숙제를 할 수 없다고 통보해서 모든 것이 기름처럼 매끄럽게 진행됐다고 대답했다. 목이 많이 아프다고 선언하더니 (아마 거짓말일 수 있는데) 의사 삼촌에게 가봐야 한다고 하더라고.

"거짓말?" 카톨리카는 더없이 침착하게 말했다. "도대체 왜?"

"누가 알겠어? 그애를 이해하기는 쉽지 않아. 순진한 것 같으면서 너무 복잡하고 의심이 많아! 아주 사소한 걸로 화를 내기도 한다니까!"

　불행히도 너희 셋과 걔가 사이가 엄청 좋은 관계는 아니고, 나는 누구보다 그걸 잘 아니까 양쪽 사이에서 아주 힘들어. 그나저나 너희들 사이에 실제로 무슨 일이 있었기에 그애가 그렇게 적대시하게 된 거야? 도대체 그애한테 실제로 무슨 짓을 한 거야? 그래, 나도 유대인들 성격이 어떤지 잘 알지. 그래도 그런 적대감은!

　"정말 놀랍네." 카톨리카가 대답했다. "나는 그애한테 아무 짓도 안 했어. 쟤들도 그렇고."

　"나는 어떻게 생각하는지 알아?"

　"들어보자."

　"내 생각은 이래." 루차노는 목소리를 낮춰 말했다. "그애는 특히 너희와 친구가 되고 싶고, 여기에 오고도 싶은데, 그러지 못하기 때문에," 그는 낄낄거렸다. "싫어하는 거야."

　"네가 잘못 생각하는 거야." 카톨리카가 약간 못 참겠다는 듯이 말했다. "우선, 우리는 최고의 친구야. 아니면 어떻게 우리가 같은 책상에서 그렇게 몇 달이나 함께 지냈겠어? 둘째로, 만약 네가 말한 대로 여기 우리 집에 그렇게 공부하러 오고 싶다면, 왜 나에게 묻지 않았을까? 충분히 나에게 물어볼 수 있지 않았을까?"

　"물론 그럴 수야 있겠지!" 루차노가 외쳤다. "그런데, 미안하지만, 만약 그애가 네게 물었다면 너 스스로는 만족스러웠을까? (나는 그런 애들을 꽤나 잘 알고 있고, 바로 그래서 하는 말이야.) 그애는 무엇보다도 네가 초대해주기를 원했어. 그리고 너는 그 귀로는 못 알아들었기 때문에……"

의자가 움직이는 소리로 나는 카톨리카가 일어났다는 것을 알았다. 카펫 위에서 약해진 그의 발소리가 갑자기 링의 나무 바닥에서 울렸다가 다시 잠잠해졌다. 아마 방 한쪽에 있는 침대로 가서 앉았거나 아니면 길게 누운 모양이었다.

"그런데 넌 왜 그렇게 항상 그애를 나쁘게 말하는 거야?" 마침내 그가 저 너머에서 말했다.

루차노도 의자에서 일어났다. 아마 카톨리카에게 다가갈 필요를 느낀 듯했다. 실제로 그가 대답하자 목소리가 저멀리서, 낯설게 들렸다.

그는 사실이라고, 정말로 나를 견딜 수 없다고 했다. 하지만 내가 자신에게 적대적이라거나, 나쁘게 행동해서 그런 것은 아니라고 했다. 나를 비판하는 데는, 단지 성격 차이나 신경질적인 그애에 대한 평범한 짜증 이상의 심각한 이유들이 있다는 거였다. 자신은 어떤 경우에서든 그런 반응은 상당히 훌륭하게 억누를 수 있다면서. 한데 바로 그렇기 때문에, 어떤 옹졸함도 참지 못하기 때문에, 고마움을 느끼면서도 나에 대해 객관적으로, 유용하고 적절하다고 생각되는 바를 모조리 말하지 않을 수 없다는 거였다.

먼저 내 허영심, 유치원 아이처럼 말도 안 되게 불합리한 허영심에 대해 말했다.

그 점은 처음부터 곧바로 깨달았다고 했다.

"너 혹시 그애 집에 가본 적 있어?" 그애가 물었다.

"아니." 카톨리카는 대답했다. "나는 누구의 집에도 가지 않

아. 원칙적으로."

루차노가 계속하기를, 그곳은 정말로 궁전이라고, 보통의 집 너덧 개를 합쳐놓은 것만큼 크고, 거기에다 으리으리한 정원까지 있다고 했다. 게다가 그애 가족은 그 집 삼층 전체를 쓰고 스무 개나 되는 방을 독차지하고 있으며, 난방비만 해도 얼마나 될지 모르겠더라. 한마디로 돈이 넘쳐났고, 누가 봐도 알 정도야. 하지만 귀족은 귀족이고, 졸부는 졸부지. 그 집의 부는 옷감도매상이던 할아버지 세대에 와서야 시작된 건데, 그 사실은 바로 그애가 첫날 직접, 나에게 숨쉴 틈도 주지 않고 이 방 저 방 데리고 돌아다니면서 설명해준 거야. 그애는 그날 당장 모두 다 보여주더라. 커다란 연회 홀, 거실 세 개, 식당 두 개, 침실 일곱 개, 욕실 네 개, 오피스, 심지어 화장실도, 주인용 화장실과 하인용 화장실까지 구경시켜줬어. 그러면서 행복해하고 즐거워했고, 보기 역겨울 정도로 어찌나 만족감이 넘쳐나던지. 종교에 독실했던 개 할아버지는 모든 문의 문설주에다, 이것도 그애가 해준 얘기야, 오십 첸테시모* 동전만 한 니켈 도금한 금속 원판을 붙이고 작은 종잇조각을 붙여뒀더라. 히브리어 글귀들이었어. 그애한테 설명해달라고 했더니, 그 물건들의 기능과 의미를 자세하게 말해주던 얼굴이 아주 볼만했지. 즐거움에 얼굴이 얼마나 붉어지던지! 그 원판들에 뭐라고 적혀 있었냐고? 별거 아니야. 하느님 아버지의 이름, 그게 다야. 하지만 그애의 허영심은 심지어 종교마저 자기

* 옛 화폐단위. 100첸테시모가 1리라였다.

네 가족의 사적인 것으로 만들려는 것 같았어. 그애가 표현한 바에 의하면, 우리 하느님은 바로 영원한 아버지이며, 오직 그분뿐이라고 했어. (자기가 보기엔 그리스도교는 좀더 현대적인 형태의 유대교라더라.) 그럴 수도 있지. 하지만 유대교의 '수염 난 아버지'에 대해 말하면서 부유한 옷감도매상인 돌아가신 할아버지의 은행계좌를 자랑하는 것인 양 똑같이 잘난 체하면서 말하는 거지……

그후로 우리는 매일 '짝을 이루어' 공부하게 됐어. 하지만 여기에서도 걔는 드러내놓고 자랑하는 즐거움을 누렸고 (모든 것이 그애에게는 경쟁거리고, 학교에서뿐 아니라 집에서도 무슨 축구시합을 하듯 행동하는 거야) 그래서 가까이 있는 사람이라면 누구든, 시키는 대로 하자, 혼자 다 해라, 정말이지 걔가 원한 게 그거면 그래 제발, 하는 거지. 사실 '학구적으로 풀어보자면' 나는 몇 달 동안 그애한테 붙어살았고, 그애 때문에 일종의 소라게로 변해버렸어. 결국 그렇게 됐지! 소라게는 '고마운 줄 알고 뒤나 대주라고' 당당히 요구당할 만한 불쌍한 약체지만, 같은 반 친구는 비록 덜 부자고, 덜 영리하고, 준비도 안 되어 있고, 설사 자기 자리서 열심히 공부하는 누군가를 만나 전혀 불만이 없다고 해도, 그래도 그가 학우인 건 변함이 없고, 말하자면 인간이다 이거야! 그런데 걔는 나를 전혀 인간으로도 친구로도 여기지 않았고, 그게 진실이야. 걔는 언제나 나를 그저 찬양하는 기계로, 손잡이만 돌리면 욕실 샤워기처럼 마음대로 작동되는 기계로 취급했어.

그애 동생들을 겨우 보기는 했지. 남동생은 중학교 이학년이고, 아직 어린 여동생은 초등학교 삼학년이야. 하지만 부모님은 아주 잘 봤지. 특히 어머니.

"너 혹시 본 적 있어?"

"누구?"

"그애 어머니."

"아니."

"아, 유감이네. 여자로서 볼 가치가 있는데. 장담해."

그는 계속했다. 아마 그 부인은 서른셋이나 서른다섯 살쯤 됐을 텐데, 유대인 여자들이 으레 그렇듯이 약간 '통통하지만', 그래도 그 입술하며, 그 '밤색' 눈과 그 눈길은, 특히나……

비록 눈과 머리칼이 '검긴 하지만' 그애는 특히 어머니를 닮았어. 그리고 마찬가지로, 허영 가득하고 칭찬을 필요로 하는 그애가 자기 근력을 측정하는 운동도구처럼 나를 써먹듯이, 그애 어머니도 자신의 훌륭한 아들이 저녁식사 시간까지 집에 편안히 머물게 해주는 적절한 도구로써 언제나 나를 이용했지. 존경할 만한 부인이 자신의 고귀한 목적을 이루기 위해 어떤 속임수든 못 쓰겠어! 다섯시가 되면 온 가족이 이틀은 굶지 않을 만큼 담긴 쟁반을 내와. 커피와 우유, 차, 코코아, 생크림, 과자, 빵, 쿠키, 초콜릿을 가득 담아서, 매일 오후 완벽한 대접을 해주거든. 하지만 그건 아무것도 아니야. 왜냐하면 그 '대단한 여인'이 날마다 잔을 채워주거나 과자 접시를 코밑에 갖다대면서 늘상 보이는 태도는 제쳐놓더라도("자, 많이 먹어. 달콤한 것이 영양에 좋고, 근육과 두뇌에도 좋으니까"

하고 넌지시 부추기거든), 나중에 작별인사를 할 때면 어김없이 문틈으로 '반은 어머니 같고 반은 매혹하는' 눈길과 함께 멋진 미소를 던진단 말이야. 또 자기 아들의 뺨에 퍼붓던 그 입맞춤, 일 미터도 안 되는 거리에서, 너무나 부드럽게, 거기 있는 나를 찾으면서, 그곳 난방기에서 나오는 온기, 그리고 아름답고 영리해 보이던 열망하는 그 입맞춤은 어땠게?

지난겨울 어느 저녁, 폭풍우가 몰아치던 저녁에는, 그보다 더했어. 나를 저녁식사에, 어쩌면 잠까지 자고 가게 나를 붙잡아두려고, 갑자기 설득차 그애 눈을 뚫어지게 응시했는데, 나야 손쉬우니까 말할 것도 없고, 악마까지도 두렵게 할 만큼 강력했어. 그런 눈길로 무엇을 의도했을까? 됐어, 그만하자. 확실한 건 여름에 바닷가에서 (우리는 오는 여름에 체세나티코에 갈 거란다. 알아두렴! 하고 말했으니) 그런 여자는 분명히 나이 많은 남편에게 온갖 술수를 써서 남편이 일하러 도시로 돌아간 뒤에도 몇 주 더 별장을 빌려 아이들과 하녀들 외에 아무도 없이 혼자 남아 있을 거란 거지! 그렇게 크고 '탐욕스러운' 입과 머리칼에 반쯤 가린 나른한 눈을 가진 여자는 기회가 보이면 결코 놓치는 법이 없으니까. (가슴은, 그래, 약간 처졌지만, 그래도 '풍성한 여인'은 한번쯤 찾아가서 볼만하지.)

한데, 다시 내 얘기로 돌아왔다, 도대체 그애가 '수음'이 뭔지도 모른다니 믿을 수 있겠어?

나는 진실인지 계속 의심했어. 그런데 언젠가 구석에 몰리자 자기는 수음을 전혀 해본 적이 없다고 솔직하게 고백해서, 난 굉장히 놀랐지. 열여섯 살인데! 그러면서 온갖 자랑을 떠벌

리다니!

그리고 우리는 서로의 것을 봤지.

한참을 구슬렸더니 그제야 나한테 자기 '물건'을 보여줬는데, 비록 할례로 둥글게 잘려 영영 '모자를 벗은 상태긴 하지만' 다른 것과 똑같이 극히 평범해 보였어. 그런데 '상당히 의미심장해' 보이는 다른 문제가 있었는데, 그애가 단추를 풀도록 밀어붙이려고 나도 단추를 풀었을 때 조금 전 보인 그애의 반응이었지.

음, 내 물건을 보더니 걔는 몹시 창백해졌고 다음날부터 행동도 완전히 변해서 (갑자기 거칠고 무례해졌고, 사방으로 시선을 돌리며 눈길을 피해서, 내가 역겨웠거나, 잘 모르겠지만, 두렵거나 화나게 한 줄 알았으니까) 그래서 나는 최악의 상황을 생각할 수밖에 없었지. 그렇군. 분명히 그애는 '호모'인 거였어, 아직 잠재적이기는 해도. 단지 '결단을 내리기'를 기다리고 있을 뿐인 '게이'인데, 자기 앞에 펼쳐질 멋진 경력을 아직 인식조차 하지 못하고 있는 거지(이 점이 비극이야!), 불가피한 일일 텐데 말이지……

13

나는 발끝으로 천천히 어둠 속에서 불빛을 향해 홀과 식당을 나누는 널찍한 유리문으로 다가갔다.

우리 가족은 저녁식사중이었다. 등을 보이고 앉은 어머니는 목과 등, 팔이 드러나는 가벼운 하얀색 옷을 입고 있었다. 그 주위에 아버지, 남동생 에르네스토, 여동생 파니가 앉아 있었다.

나는 마치 낯선 사람들인 것처럼 한 사람씩 차례차례 뜯어보았다. (보이지 않는 어머니의 얼굴은, 기억이 기이하게 차단되어 떠올릴 수가 없었다.) 그리고 자문했다. 저기 파자마와 슬리퍼 차림에 수프 그릇을 비우고 있는 불쌍한 노인네가 내 아버지인가? 진지하고 얌전한 태도를 하고 있지만 순식간에 웃음을 터뜨릴 저 두 아이가 내 동생들인가? 그리고 나에게 등을 돌리고 있는 부인, 불빛의 후광이 어린 밤색 머리칼, 왼

손을 들어올려 움직일 때마다 반짝이는 반지들을 끼고 있는 저 부인이 정녕 내 어머니인가? 또 나는, 저 범속한 남자, 자기도 지루하고 남들도 지루해하는, 근엄해 보이려고 폼을 잡고 있어도 그럴 수 없는, 특히 집에서는 더 그런 저 남자와, 통속적인 저 여자의 아들이란 말이고, 내 존재가 바로 그 결합에서, 그 육체적 결합에서 비롯됐을 뿐이란 말인가?

가정부가 고기와 채소가 담긴 접시들을 들고 왔고, 그녀의 얼굴에 드러난 놀라움과 두려움을 보고 내가 들켰다는 것을 알아챘다.

"도련님!" 가정부가 외쳤다.

다른 도리가 없었다. 나는 문손잡이를 돌리고 들어갔고, 어머니 옆 내 자리에 앉았다.

"얘야, 아홉시 반이야!" 모두의 침묵 속에서 어머니가 미소를 지으며 말했다. "어디서 오는 길이니?"

어머니는 내 얼굴, 내 손, 모든 것을 살펴봤다. 그리고 불안하고 염려하는 동시에 너그러운 그 시선을 통해, 나는 조금 전 내가 입은 참담한 상처에 어머니가 얼마나 깊이 공감하고 있는지 깨달았다. 누가 알겠는가. 어떤 신비로운 방식으로, 아마 어머니도 내가 상처 입는 바로 그 순간 함께 상처를 받은 것만 같았으니.

나는 친구의 집에 있었다고 대답했다.

"카톨리카 집에?"

"네."

"굉장히 친해졌구나? 풀가는 뭐라고 해? 풀가도 있었어?"

"아니, 세상에!" 아버지가 화난 어조로 끼어들었다. "전화라도 할 수 있었을 거 아니냐. 뭐 어려운 일도 아니고!"

"네, 풀가도 있었어요." 나는 빈 접시에서 눈길을 들지도 않고 웅얼거렸다.

아버지가 입을 열었지만, 곧바로 어머니가 반지 낀 손을 재빨리 움직여 침묵하게 했다.

"찬 수프 좀 먹을래?" 어머니가 물었다.

나는 고개를 끄덕였다.

배가 고프지는 않았다. 숟가락으로 반쯤만 떠서 천천히 먹었는데도, 위장이 받아들이기를 거부하는 게 느껴졌다. 카톨리카 부모의 침실에서 벽에 등을 기대고 붉은 심장의 예수를 응시하면서 벽을 통해 루차노의 목소리가 지칠 줄 모르고 고요하게 웅얼거리는 소리를 듣고 있던 내 모습이 떠올랐다. 그렇다, 나는 나가지 않았고, 모습을 드러내지도 않았다. 루차노가 웃으면서 "걔는 라틴어니 그리스어니 그런 데나 매달리고 있는데, 그런 것 말고 대체 무슨 경력을 펼칠 수 있겠어?" 하고 말하자, 급기야 난 몸을 가눌 수 없었고, 벽에서 일어나, 방을 가로질러 이층 입구로 나왔다. 짙은 어둠 속에서 계단을 내려왔고, 식당에서 내 자전거를 찾아서 밖으로 나와, 머리를 낮게 숙인 채 힘차게 페달을 밟았다. 치타델라 거리, 카보우르 대로, 조베카 대로까지 한 번도 멈추지 않고 앞으로 내달렸다. 마치 어둡고, 곧고, 끝이 없는 터널 안을 달리듯……

"얘야, 배고프지 않아?"

나는 고개를 저었다.

"뭔가 먹었겠지." 아버지가 중얼거렸다.

나는 일어났다.

"조금 메스꺼워요. 저녁을 건너뛰는 것이 좋겠어요."

"뭘 먹었는데?" 아버지가 집요하게 물었다. "아이스크림?"

"아무것도 안 먹었어요." 나는 단호하고 증오에 찬 눈길로 쳐다보며 답했다.

"진정해라, 진정해!" 아버지가 깜짝 놀랐다. "기분이 언짢구나, 응?"

"안녕히 주무세요."

그리고 매일 하던 것과 달리, 아버지나 어머니의 뺨에 입맞춤도 하지 않고 밖으로 휙 나왔다.

내 방으로 들어오자마자 옷을 벗고 이불 밑으로 들어가, 불을 끄고, 눈을 감았다. 그렇게 십 분쯤 있었다. 잠은 오지 않았다. 다시 일어나 옷을 입으려는데 복도에서 어머니의 발소리가 들렸다.

문 앞에서 발길이 멈췄다. 낮은 목소리로 부르는 소리를 들었고, 그러자 방은 어머니의 존재로 가득찼다. 지긋지긋해! 나는 분노가 치밀었고 잠자는 척하면서 생각했다. 죽 뻗은 내 몸 위로 크고 조용하게, 어머니가 내 가까이서 느껴졌고, 나는 일어나 어머니를 모욕하고, 때리고, 쫓아버리고 싶었다. 그러나 가볍게, 그 어느 때보다 산뜻하고 가볍게, 어머니의 손이 어둠을 가로질러내려와 내 이마에 닿았다. 그것으로 충분했다. 다른 무엇도 더 필요 없이, 잠시 후 다시 홀로 남아, 나는 모든 것을 치유하는 오래전 어린 시절의 잠 속으로 되돌아가 빠져

들었다.

　다음날 아침 교실로 들어서면서 곧바로 나는 그들 모두가 각자 제자리에 이미 앉아 있는 것을 보았다. 루차노는 보자마자 유쾌한 손짓과 미소로 나에게 인사했다. 하지만 가운데 놓인 공책 위로 고개를 숙인 볼디니와 그라시의 태도에서, 그리고 내가 다가가는 동안 한순간도 나에게서 눈을 떼지 않고 바라보는 카톨리카의 태도에서, 그들 또한 전날 저녁 벌어진 일이 얼마나 치유할 길 없이 심각한 것이었는지 깨닫고 있음이 역력히 보였다. 카톨리카는 내가 앉기를 기다렸고 인사도 하지 않았다. 그저 입가에 조소를 띠고 있을 뿐이었다. 그가 당황해하고 불안해한다는 것은 바로 알 수 있었다. 그러나 왜? 나는 의아했다. 불안할 게 뭐 있어? 혹시 내가 끝까지 남아서 더 나쁜 말을 듣기를 바란 것일까? 그럴 수도 있다. 어쨌든 그가 바란 것이 그뿐이었다면, 나는 곧장 모든 환상을 깨뜨렸던 것이다. 우리 사이는 모든 것이 끝장났다. 영원히 끝났다. 그리고 그것을 그도 깨달아야 한다, 가능한 한 빨리.

　그가 손으로 입을 가리고 말했다.

　"가버리길 잘했어. 남아 있을 가치도 없었지."

　나는 긍정의 의미로 고개를 까닥이고 대답하지 않았다.

　그는 한숨을 쉬었다.

　"쟤는 미친놈이야. 무책임하고 딱한 녀석이지."

　"내버려둬, 날 귀찮게 하지 마."

　교단에는 구초 선생님이 앉아 있었다. 나는 굳이 입을 가리지도 않고 말했고, 즉시 선생님이 나를 바라보고 있다는 것을 깨달았다.

"다시 말해볼래요?" 선생님이 으름장을 놓았다.

영감이라도 떠오른 듯이, 나는 벌떡 일어섰고, 선생님의 얼굴을 똑바로 쳐다보았다.

"죄송합니다만, 제 자리를 바꿔주시기를 부탁드립니다."

"도대체 왜 그러죠, 학생? 혹시 종강까지 열흘도 남지 않았다는 사실을 잊었나요?"

"알고 있습니다. 하지만 바로 그렇기 때문에 바꾸고 싶습니다. 이 자리에 있으면," 그러면서 카톨리카를 가리켰다. "자꾸 서로 산만해집니다."

내 말에 놀라움과 비난의 수군거림이 한동안 이어졌다.

"여러분, 조용히 좀 해주세요" 구초 선생님이 소리쳤다.

지금 눈앞에 있는 현실을 믿을 수 없다는 태도였다. 하지만 나는 선생님 면전에서 굽히지 않고 꿋꿋이 마주한 채, 요구한 바를 얻겠다는 결심을 내보였다.

선생님은 당황하여 주위를 둘러봤다.

"그러면 어느 책상으로 옮기고 싶어요? 빈자리가 없는 것 같은데."

"저기 구석으로 돌아가고 싶습니다." 나는 몸을 돌리지 않은 채 루차노의 책상을 가리켰다. "풀가가 있는 책상으로 말입니다. 하지만 혼자 앉고 싶습니다."

"그러면 풀가 군은?"

"풀가가 여기로 오면 됩니다."

"아하, 학생은 이중 이동을 제안하는군요!" 구초 선생님은 재미있다는 듯이 소리쳤다. "네가 주기에 내가 준다……!* 좋아요. 허락합니다. 이해했나요, 루차노 풀가? 자, 빨리, 비워주세요. 학생의 멋진 잡동사니들을 모아서 위대한 카톨리카 옆으로 옮기세요. 카톨리카로서도 영광이겠지요, 그럼요!"

그리고 루차노가 자기 책들을 잔뜩 들고 둘째 줄과 셋째 줄 사이 통로로 나와 스쳐지나는 동안(나를 스치며 그는 놀라움과 두려움이 가득한 시선을 던졌다), 날카롭게 "쉬잇!" 하는 단호한 소리가 들렸고, 웅성거림이 새로 시작되지 못하게 막았다.

지난가을의 온전한 고독으로 돌아가기 위해 이제 마지막 한걸음을 옮길 일만 남았다. 바로 루차노와 절교하는 것이었다.

그러나 정오에 종료 종이 울리고, 그가 앙상한 엉덩이 위로 무거운 책 꾸러미를 걸치고 애처롭게 기우뚱거리며 보르골레오니 거리의 보도를 따라 혼자 앞에서 걸어가고 있는 것을 발견했을 때, 나는 잠시 망설였다. 그날 오전 내가 교실에서 내내 냉담하고 가혹하게 그를 대한 건 사실이었다. 하지만 왜 그는 이제 나를 기다리지 않을까? 심지어 그의 재빠른 걸음걸이, 한 발 한 발 잽싸고 정확하게 옮기는 모습에서, 그가 모든 것을 직감하고 달아나고 있다고 추론해도 되겠다는 생각이 들 정도였다. 하지만 만약 그런 거면? 훨씬 낫지.

---

* Do ut des. 라틴어 관용구로, 상호주의에 기반을 둔 주고받음을 나타내는 고전적 상용 문구.

"야! 멈춰!" 나는 외쳤다.

그는 문득 멈추고 고개를 뒤로 돌렸다. 그는 아주 평온했고, 얇은 입술 선은 다소 서글픈 너그러움이 넘치는 미소로 휘어 있었다.

"아, 너였구나?"

우리는 나란히 걸었다. 그는 아무 말도 하지 않았고, 아무것도 비난하지 않았으며, 그것이 다시 나를 당혹스럽게 했다. 조베카 대로와 만나는 교차로에서 나는 그에게서 몇 미터 떨어져 단호하게 길을 건넜다.

그가 맞은편 보도로 나를 따라왔다.

"뭐하는 거야?" 그가 놀라서 물었다. "집으로 안 가?"

나는 언제나 똑같은 길을 가는 것에 싫증이 났다고 대답했다. 오늘은 그의 집 쪽으로 잠시 동안 바래다주고 싶다고 말했다.

금요일 장날이었다. 로마 대로와 대성당 광장은 시골사람들로 붐볐다. 우리는 힘겹게 앞으로 나아갔고, 인파 속에서 이따금 서로 떨어지기도 하면서, 한마디 말도 나누지 않았다. 아직 깨닫지 못했구나, 나는 생각했다. 그리고 만약 내가 허락하기만 하면 네시에 그는 다시 내 옆에 앉아 있게 되겠지.

레노 성문 쪽으로 가기 전, 광장의 시계 바로 아래에서, 나는 걸음을 멈췄다.

"안녕." 내가 말했다.

그가 침을 삼켰다.

"안녕." 웅얼거리며 그가 답했다.

시체처럼 창백한 얼굴로 내 눈을 바라봤다. 윗입술의 솜털이 땀으로 젖어 있었고, 목울대가 과민하게 움직였다.

"오늘 만날까?" 그가 용기를 내어 물었다.

"어려울 것 같아."

"할 일 있어?"

"숙제만 하면 돼."

"무슨…… 무슨 일 있어?"

"나는 없어. 너는?"

그가 파란 눈을 동그랗게 떴다.

"나?"

그러나 나는 이미 그에게서 등을 돌렸다.

14

과리니 건물 로비에 최종성적표 결과를 게시하는 날 아침,
오텔로 포르티가 전화를 했다.

그는 전날 밤에 도착했다고 했다. 전날 오후 다섯시 반에
마지막 구술시험이 끝나자마자 곧바로 기숙사로 돌아가 짐을
싸서 일곱시에 파도바에서 떠나는 기차를 겨우 탈 수 있었다
고 했다.

나는 시험은 어땠는지 물었다.

"잘 나오겠지, 뭐. 너는?"

나는 모르겠다고, 지금 성적표를 보러 가려던 참이라고 대
답했다.

"우리 집으로 들르지 않을래? 괜찮으면 함께 가자." 그가 제
안했다.

그는 친절했고, 수다스럽기까지 했는데, 억양에 베네토 사

투리가 희미하게 물어났다. 하지만 이제 내게는 그도 더이상 중요하지 않았다.

"네가 우리 집으로 들러." 나는 말했다.

그는 반대하려고 했다. 자기 집이 우리 집과 과리니 건물 사이 바로 중간에 있고, 따라서 내가 들르는 것이 더 '논리적'으로 보인다고 했다. 그는 벌써 덜 친절했고, 뭔가를 얻겠다고 마음먹고 나면 집요한 논쟁으로 익히 몰아붙이기도 하던, 늘 전횡을 부리던 익숙한 불평꾼으로 벌써 돌아가 있었다.

"그럼 좋아." 나는 잘라 말했다. "반시간 뒤에 과리니 건물 현관 앞에서 만나자. 좋아?"

"그래, 그래……"

물론 나는 진급했다. 인문 과목들은 모두 8점이고, 두 과목에서 6점이었는데, 과학과 수리물리학이었다. 그런데 등수는 뭘까? 일등? 이등? 삼등?

열한시 반이었다. 어둑어둑한 현관에는 우리뿐이었다. 오텔로는 한번 슥 훑어보고는 일등 자리는 나와 카톨리카, 그라시가 다투겠다고 바로 판단했다. 너는 이탈리아어에서 8점 받았는데, 카톨리카는 7점밖에 받지 못했고, 심지어 그라시는 6점이군. 하지만 카톨리카는 수리물리학에서 8점이고, 그라시는 과학에서 9점이니……

"너는 분명 이등이네. 카톨리카와 1점 차이로. 그라시가 삼등인데, 그도 너와 1점 차이야." 그는 결론을 내렸다.

이례적으로 신속하고 상냥하게 그는 주머니에서 연필을 꺼내 성적표 옆의 벽에다 계산을 하기 시작했다. 그가 그러는 동안 살펴보니 루차노도 진급했다. 모두 6점이었지만, 어쨌든 진급했다.

"내 말이 맞았네." 마침내 오텔로가 승리의 울림이 배어나는 목소리로 선포했다. "일등은 카톨리카고, 네가 이등이야."

우리는 밖으로 나왔다.

"집에 전화 안 해?" 그가 물었다.

나는 그럴 필요가 없다고 대답했다. 한 손으로 자전거 안장을 짚고, 다른 손으로 핸들을 잡은 채 나는 그를 보았다. 크리스마스 때 나보다 훨씬 더 크고 성숙해 보였다면, 이제는 작고 어린애처럼 보였다.

"자전거로 네 집까지 태워다줄까?" 나는 제안했다. "자, 올라타."

그리고 실제로 어린아이처럼 내 말에 즉시 따랐다.

그의 무게와 덩치에도 나는 마스케라이오 거리의 자갈길로 빠르게 페달을 밟았다. 오텔로의 목덜미를 바라봤다. 짧게 자른 금발 아래 발그스레하고 통통하고 부드러운 살결이 보였다. 거기에서 퍼져나오는 좋은 비누 냄새를 맡으며, 그에 비해 머릿기름이 묻은 루차노의 연약한 목덜미, 얇은 피부막처럼 투명하고 창백하고 커다란 노인 같은 귀를 떠올렸다. 루차노는 다 해봤자 고작 두세 번 자전거에 태웠다. 오텔로는 수없이 많았다. 하지만 이제는 달리 어쩔 수가 없다는 것을 알고 있었다. 초등학교와 중학교 시절처럼 내가 다시 오텔로와 자주 만나려고 노력한다 해도, 그의 착하고 진솔한 냄새의 밑바닥에서, 나는 언제나 다른 냄새, 머릿기름의 역겹고 옥죄는 악취를 찾고 있게 될 것이다.

앞으로는 우리가 드물게만 만나게 될 것이고, 우리 우정이 실질적으로 얼마 남지 않았다는 것을 오텔로도 직감한 듯이, 한순간도 입을 쉬지 않았다. 많은 것을 알고 싶어했다. 그동안 내가 누구와 짝이었는지, 누구 집으로 공부하러 갔는지, 누구와 친구가 됐는지. 나는 간략하게 대답했다. 카톨리카와 루차노를 언급하긴 했지만 그외에 더 말하지는 않았다. 그의 등이 거기에, 내 앞에 있었고, 거대하면서 어린애 같았다. 이애한테 모두 털어놓는다니! 나는 마치 가파르고 험준하고 거대한 산 앞에 있는 느낌이었다. 그렇게 둔감한 산을 올라야 한다는 생각만으로도 나는 구토감과 무력감이 밀려왔다.

"루차노 풀가?" 오텔로는 물었다. "누구야? 외지에서 왔어?"

"응."

"어디서 왔어?"

나는 설명했다.

"어때? 좋은 애야?"

"그럭저럭."

"진급했어?"

"응, 평균 6점으로."

카톨리카에 대해서는 나는 덜 간결하게 말했다. 우리가 어떻게 짝이 됐는지 이야기했다. 가까이 앉았는데도 전혀 진정한 친구가 되지 못했다는 것도.

"대단하기는 대단한 모양이네." 그때 오텔로가 말했다. "평균 8점인 거 너도 봤잖아?"

우리는 도착했다. 나는 브레이크를 잡았고, 한 발로 땅을 짚었다. 오텔로는 즉시, 자전거에서 내리자마자 내 눈을 들여다봤다.

"잠깐 들어와."

나는 그럴 수 없다고, 가야 한다고 했다. 그렇게 말하면서 힘차게 페달을 밟았고 그를 떠났다.

오 분 뒤 집에 이르렀고, 도로 쪽 대문을 넘어선 나는 곧바로 어머니가 정원에서 목련나무 아래 앉아 있는 것을 발견했다. 더운 바깥에서 선선한 현관으로 갑자기 들어갔기 때문인지 재채기가 나왔다. 어머니가 고개를 드는 것이 보였다. 나는 생각했다. 정원을 가로질러 내 방으로 올라가려면 멈춰 이야기를 나눠야겠지. 이제 겨우 정오였다. 아직 시간이 많았다. 하지만 무슨 이야길 하지?

나는 다시 재채기를 했고 코를 풀었다. 현관 구석에서 자전거를 옆구리에 기대고 눈을 반쯤 감은 채 어머니를 봤다. 햇살이 드리운 목련나무 둥치 주위로 얼룩덜룩한 그늘에 잠겨 있는 어머니는, 그저 멀고도 환한 점 하나일 뿐이었다.

어머니가 손을 들어올리는 게 보였다.

"우후!" 그녀는 가수처럼 가다듬은 아름다운 목소리로 자신이 즐겨 외치는 소리로 나를 불렀다.

나는 자전거를 계단 아래 늘 두던 장소에 갖다두기 위해 옆으로 사라졌다가 돌아와, 빨리 들어가서 전화를 해야 한다고 말했다.

"통과했어?"

"네."

"몇 점으로?"

"전화하러 가요." 나는 다시 말했다.

위층에서 이 방 저 방을 거쳐 내 침실로 갔다. 막 방에 들어섰을 때 어머니의 목소리가 다시 울렸다. 이번에는 사무실 창가에 있는 요리사에게 말하고 있었다. 내가 전화를 끝내면 잠시 아래로 내려오라고 전해달라고 했다. 요리사가 지금 통화를 하고 있는 건 아니고 아마 내 방에 있는 것 같다고 대답하자, 어머니가 다시 나를 부르기 시작했다. 선율에 맞춰 모음을 머뭇거리다 두세 번 내 이름을 외쳤다. 외치는 중간중간 투덜거리는 소리도 들렸다.

나는 덧창을 열었다.

"여기 있어요."

"우리 아들, 잠시 아래로 내려오지 않겠어? 자, 빨리, 말 들어."

하지만 어머니는 전혀 짜증이 난 것도 아니었고 조급해하지도 않았다. 당신의 왕국, 당신의 극장 한가운데에서, '신성한 동물들'인 푸들 룰루, 잿빛 페르시안고양이 두 마리, 거북 필로메나에 둘러싸여 나를 바라보며 미소지었다. 어머니는 시트인지 테이블보인지 거기 가장자리에 수를 놓고 있었다. 바늘이 무릎에서 반짝였다. 정원 주변은 조그마한 정글처럼 빛으로 활활 타오르고 있었다.

"모두 8점이에요." 나는 말했다. "크라우스 선생님과 파비아니 선생님 과목만 제외하고요. 과학에서 6점, 수리물리학에서

6점이에요."

"훌륭해, 내 아들! 아버지가 얼마나 좋아하실까…… 당장 내려와서 입맞춤을 해주렴."

어머니는 우아하게 머리를 돌린 채 계속 나를 바라보고 있었고, 입술은 더없이 아름다운 미소로 빛났다. 내가 창가를 떠날 기미를 보이지 않자 어머니가 불평했다.

"그래, 입맞춤 때문에 엄마가 한숨 쉬게 만드는 게 좋아?"

조금 전 거실 하나를 가로지르다가 멈춰, 다른 여러 가족사진과 함께 은제 액자에 넣어 탁자 위에 올려놓은 옛날 사진 하나를 봤다. 1918년 전쟁 막바지 여름에, 나와 어머니를 찍은 사진이었다. 아가씨처럼 날씬한 어머니가 하얀 옷을 입고 내 옆에서 무릎을 꿇고 있었는데, 아버지가 전선으로 떠나고 며칠 뒤 어머니와 내가 이사한 마시토렐로의 할아버지 시골집 채소밭이 눈부신 배경을 이루고 있었다. 어머니가 열정적으로 나를 가슴에 안아 카메라를 향해 보인 즐겁고 행복에 겨운 미소는, 가지런히 자른 앞머리에 길고 매끄러운 머리칼이 작고 통통한 얼굴을 감싸고 있는 나의 진지하고 화난 표정과는 대조적으로 보였다. 그 사진은 아버지가 전선에서 짧은 휴가를 나왔다 찍은 것이었다. (아버지는 이 사진이 자신의 걸작이라고 말하곤 했고, 그때마다 어머니는 고개를 끄덕였다.) 하지만 조금 전 사진을 보면서, 나는 결혼한 지 겨우 삼 년 지난 신부이던 어머니가 지은 그 미소의 진정한 의미를 깨달았다. 그 미소가 약속한 것, 바친 것을, 그리고 그 미소를 누구에게 보낸 것인지를……

이제 나는 어머니를, 더이상 젊지도 않고 아가씨도 아닌 어머니를 바라봤고, 가슴속에 또다시 거부감과 원한이 차오르는 것을 느꼈다. 획획 지나가는 영화 장면들처럼 빠르게, 서사적이고 우울한 풍경들이 스쳤다. 폭풍이 휩쓸고 간 바닷가, 끝없이 높고 오를 수 없는 산꼭대기, 발길이 닿지 않은 숲, 사막…… 아, 떠났으면! 달아났으면! 더이상 아무도 보지 않고, 제발 누구의 눈에도 띄지 않았으면!

"그래, 어쩔 거야?" 어머니가 말했다. "여기 네 발코니 아래에서 계속 한숨을 쉬고 있어야 할까? 아니면 아드님은 이 불쌍한 어머니가 손수 올라가 아양을 떨기를 원하시는 건지?"

아니다. 내가 내려갈 것이다. 우리는 이야기를 나눌 것이다. 질문도 받을 것이다. 아버지가 집으로 돌아와 우리를 발견하고 손뼉을 쳐서 자기가 왔고 당장 식탁에 앉고 싶다고 신호를 보낼 때까지 말이다. 반시간쯤 거짓말하는 것이 뭐 힘들겠는가? 나는 매우 능숙하게 해낼 것이다. 어머니의 모든 탐색 시도는 실패할 것이다.

그리고 내가 항상 어린아이, 자신의 어린아이라고 여기기 위한 입맞춤이 필요한 거라면, 어머니가 고대한 대로 그 입맞춤을 얻게 될 것이다.

"아니요, 기다려요." 나는 대답했다. "바로 내려갈게요."

그렇게 말하면서 나는 창턱에서 물러났다.

15

궤양은 은밀하게 곪기 시작했다. 서서히, 무신경하게, 치유할 수 없이……

그 직후 나는 어떤 에필로그도 기대하지 않았으며, 어떤 설명도 원하거나 기대하지 않았다. 루차노에 대해서도 그랬다. 하지만 아니었다. 루차노는 한 달 반 뒤에 체세나티코에서 다시 봤다. 그리고 그 만남을 통해 적어도 그와 더불어 진정한 에필로그가 생겼다.

어느 일요일 아침, 내 작은 방 사방 몇 미터 공간을 왔다갔다하며 불면의 밤을 보낸 뒤에(나는 그즈음 사춘기 여드름으로 고생하고 있었다), 일찌감치 혼자 바닷가로 내려갔다.

여덟시 정도였을 것이다. 널따란 모래사장은 아직 황량해 보였다. 접혀 있는 비치파라솔 옆 긴 의자에 누운 나는 마침내 잠이 들었다. 얼핏 든 얕은 잠 속으로 해수욕장의 소란스러운 하루를 여는 사소한 소음들 하나하나가 다 들려왔다. 구조요원들이 천막과 비치파라솔을 준비하며 분주하게 오가는 소리, 바닷가에서 그물을 끌어올리는 한 무리의 어부들이 내지르는 리듬감 있는 함성 소리가. 그래도 원기를 회복시켜준 잠이었다. 그리고 열시 무렵에 볼로냐에서 온 사솔리 집안 소년들의 천막까지 가서 그들과 함께 늦게까지 수영할 생각을 하고 있었는데, 갑자기 그가 눈앞에 나타났다.

그는 바로 옆에 서서 내가 깨어나는 모습을 살피고 있었다. 하얗고 해골처럼 야위고 털이 하나도 없으며 회색 반바지 아래 비정상적으로 부푼 성기로 인해 더 연약해 보이는 조그마한 몸이었다. 그리고 나에게 미소짓고 있었다.

"언제 왔어?" 나는 일어나지도 않고 물었다.

기쁨과 고마움으로 그의 눈이 순간 반짝였다. 그러니까 나를 쫓아버리지 않았어! 그러니까 다시 착해진 거야! 하고.

"삼십 분 전에 왔어." 그는 언제나처럼 턱을 옆으로 뒤틀며 대답했다.

"페라라에서 오는 거야?"

"응, 그럼."

"아니, 몇시에 떠났어?"

"한밤중에!" 그는 웃었다. "세상에, 세시 사십오분에 완행열차가 있었어. 칙칙폭폭, 칙칙폭폭, 백 킬로미터 가는 데 거의 네 시간 걸렸어."

그는 몹시 들뜨고 흡족해서 이야기를 이었다. 기차가 노선에서 역 하나도 절대 빠뜨리지 않는 거야. 겨우 십 분 가더니 정차하더라. 가이바녤라 역에. 그러고는 몬테산토, 그다음에 포르토마조레, 아르젠타, 산비아조, 라베촐라, 볼타나, 알폰시네, 글로리에, 그리고 라벤나에 '마침내 도착'했는데, 여정의 삼분의 이쯤 간 그곳에서 뜬금없이 '무려 삼십오 분 동안' 정차해야겠다는 거야. 라벤나를 지나서는……

나는 손을 들었다.

"우리 별장은 어떻게 찾았어?"

"우연찮게 기억력이 잘 작동했지." 그는 대답하며 눈을 찡긋했다. "주소를 기억했어."

마음을 끌려는 그 눈짓은 지난 몇 달 동안의 친밀함을 암시한다기보다는 안심시키고 싶어하는 것이었고, 나를 비난할 의도는 전혀 없어 보였다. 하지만 나를 비난하고 있었다. 애정 어린 표정으로, 그래도 나를 비난하는 조로.

"배고프겠구나." 나는 말했다. "먹을 것 좀 갖다줘?"

그럴 필요 없어. 그는 다시 화제를 돌릴 수 있는 것에 기뻐하며 말을 이었다. 네 어머니가 이미 먹을 걸 챙겨줬어. 날 보자마자 곧바로 '커다란 잔'에다 카페오레를 내주셨어. 그때 마침 일어난 동생들과 함께 식당에서 우유 탄 커피를 마시고 왔어. 동생들은 아홉시 지나야 바닷가에 올 텐데, 나는 너를 만나고 싶은 마음에 당장 달려왔지.

"그럼 어디서 옷을 갈아입었어?"

"네 방에서." 그는 약간 불안해하며 대답했다. "왜? 네 어머니가 들어가도 된다고 말하셨으니까……"

이제 그는 내 옆 모래밭에 앉았다. 그날 아침은 정말로 너무나 아름다웠다. 바다와 하늘이 우리 앞에서 그토록 맑게 한 덩어리를 이루고 있었다. 먼바다에서 배들은 마치 허공에 매달린 듯 보였다.

"여기는 정말 멋지구나." 오랜 침묵 후에 그가 중얼거렸다.

그러고는 잠시 몸을 돌리더니 사뭇 진지하게 덧붙였다. 널 만나 이야기하려고 일부러 체세나티코에 왔어. 그렇게 애정을 쏟아붓고 친절하게 굴던 네가 최근 들어 변해서, 정말이지 더는 같은 사람으로 보이지가 않아. 그리고 우리 아버지가 마침내 오랜 친구인 볼로냐에 있는 어떤 의사가 소유하던 진료소를 임대받는 데 성공했기 때문에 (그러니까 우리는 이달 안에 페라라를 떠나야 하는 상황이야) 다른 곳으로 이사하기 전에, 다시 한번 네게 고맙다고 하고, 또 우리를 갈라놓은 오해를 다 풀기 위해 노력하는 것이 '알맞은 의무'라고 느꼈어. 그러니까 네가 나를 비난하려고 한 점이 뭐야? 나는 양심에 찔리는 게 털끝만큼도 없다고 느끼거든. 어쨌든 만약에 네가 나에 대해 '정체불명의 쓰레기들'이 유포한 '멍청한 거짓말'들을 믿었다면 나에게 물어보면 되잖아. 어떤 질문에도 대답할 준비가 돼 있어.

인도 사람처럼 책상다리를 하고 앉아 그는 나를 바라보지 않고 말했다. 나는 듣고 있었다. 그의 말이 드넓고 고요한 대기 속에서 윙윙거리는 것을 들었다. 난 가족과 함께 페라라를 곧 떠날 거고, 이제 다시는 널 볼 수 없을 거야. 좋아.

"자, 말해봐." 그는 고집했다. "첫 질문을 던져봐."

나는 질문할 것이 하나도 없다고 답했다.

그는 고개를 내저었다.

"그렇겠지." 그리고 한숨을 쉬었다. "그렇지만 넌 나에게 뭔가 감추고 있는 것 같아⋯⋯ 온전한 진실을 말하지 않는 것 같아."

잠시 동안 그는 말없이 있었다. 그러다 다시 흘낏 확인하고는, 그곳 바닷가에서 하루를 어떻게 보냈는지 물었고, 혹시 그동안 어느 아름다운 여인이 그것을⋯⋯ 내 동정을 빼앗는 임무를 달성했는지 물었다. 체세나티코에는 아름답고 기꺼이 준비된 여자들이 엄청 많더라! 역에서 너희 별장까지 가는데 거리를 산책하는 '눈에 띄는' 여자 몇몇을 벌써 알아봤지. 너는⋯⋯ 몸이 좋으니까⋯⋯ 잠깐 둘러만 봐도 그걸로 충분할걸. 여자는 휴가를 보낼 때, 특히 바닷가에서는 오로지 즐길 생각뿐이거든. 그러니까 그런⋯⋯ 여자들과 즐길 생각이 있는 사람이라면⋯⋯ 그저 적절한 시간과 장소만 활용할 줄 알면 되는 거지.

나는 곧이어 그가 좋아하는 주제로 돌아갈 것으로 예상했다. (실눈 뜬 눈꺼풀 사이로 그를 알아본 첫 순간부터 그러리라 예상했다.) 하지만 그의 목소리가 띠게 될 어조, 신중하고 이상하게 불안해하는 그 어조는 예상하지 못했다.

나는 그런 부류의 유부녀는 아직까지 만나지 못했다고 대답했고, 그해에 나는 볼로냐에서 온 사솔리 형제들을 비롯하여 온통 남자들과 어울렸고, 혹시나 어떤 여자를 마주쳤다고 해도 얼굴을 망쳐놓은 여드름 때문에 분명히 고려대상도 못됐을 거라고 말했다.

그는 내 얼굴을 재빨리 훑더니 다시 고개를 저었다.

"무슨 그런 생각을!" 그가 쾌활하게 외쳤다. "너는 여전히 아주 멋져."

어쨌든 만약 네가…… 어…… 여기 이곳에서 좋은 걸 못 찾겠거든, 네가 원한다면, 언제든 나한테 기대도 돼. 그리고 그는 곧이어 설명했다. 며칠 전 페라라에서 콜롬바 거리를 지나가는데 '까무잡잡한 예쁜 여자'가 잠옷 차림으로 마파르카 여관 이층 창가에 서서 의미심장한 몸짓을 하며 커다란 미소로 나한테 인사하는 거야. 실제로 말을 걸지는 않았어. 하지만 긴 바지를 갖춰입고 오전에 나타나기만 하면 확실히 돼. (어머니가 긴 바지를 사주는 걸 망설이고 있지만 일주일 안에 설득할 거야.) 친구와 함께면 더 좋을 거고…… 그 까무잡잡한 여자는 우리를 '하게' 해줄걸. 공짜로 말이야. 네가 나와 같이 간다면, 이 말을 하며 그는 내 눈을 들여다봤다. 그러면, 그 친구는 네가 될 수도 있지.

"핑계를 대든가 해서 페라라로 잠시 올 수 없어?" 그는 열을 다해 부추겼다. "그 여자는 분명히 우리를 들어오게 해줄 뿐 아니라…… 방에도 함께 들어오게 해줄 거야."

나는 시선을 먼 데로 돌려 위를 올려다봤다. 매일 아침 그 시간에 늘 그러듯이 군용 수상비행기가 해안선 멀리서 날아가고 있었다. 사보이아마르케티*의 은빛 동체가 까마득히 햇살에 반짝였다. 바닷가에서 몇 킬로미터나 떨어져 있을까? 얼

---

* 1920~1940년대에 유명했던 이탈리아 항공기 제작사.

추 헤아려보건대 저멀리 수평선에 꼼짝하지 않고 있는 고깃배 네 척의 머리 위쯤 있을 것이다.

나는 기지개를 켜며 하품했다.

"아니야." 나는 대답했다. "무엇보다 긴 바지는 나도 없어. 그리고 셋이 하는 건 싫어. 절대 하지 않을 거야."

"셋은 싫어?" 그는 여전히 나를 바라보며 더듬거렸고, 얼굴은 꼭 물에 빠져 죽은 사람처럼 창백했다. "하지만 나는……"

그는 더는 말을 잇지 않았다. 앙상한 무릎 너머로 모래를 바라봤다.

나도 말없이 있었다. 문득 내가 벌떡 일어섰다.

"보트 타고 한 바퀴 돌아볼까?"

그가 얼굴을 들어 의뭉스럽게 쳐다봤다.

"좋아." 그가 대답했고 몸은 벌써 일어나고 있었다. "근데 조심해. 나는 수영 못해."

"걱정 마. 무슨 일 생기면 내가 구해줄게."

나는 노를 저었다. 바닷가에서 백 미터 정도 멀어졌을 때 아델레 해수욕장 입구에 치마와 블라우스 차림의 어머니가 별장에서 나와 그때 막 도착한 것이 눈에 들어왔다. 오른손으로 파니의 손을 잡고 있었다. 왼손은 들어올려 해를 가렸다. 비치파라솔에 우리가 없자 곧바로 바다로 나갔으리라 짐작하고는 어디 있는지 둘러보고 있었다.

"우후!" 나는 한 팔을 머리 위로 흔들면서 외쳤다.

"우후!" 어머니가 외쳤다. "우후!"

"누구야? 네 어머니야?" 루차노가 물었다.

나는 대답하지 않았다. 힘차게 다시 노를 젓기 시작했고, 시선은 천막으로 향하고 있는 어머니에게 고정했다. 벌써 아주 작아 보였다. 잠시 후 멋진 파란색 잰천* 수영복을 입고 천막에서 나올 즈음에는 겨우 알아볼 수 있는 작은 점에 불과해질 것이다.

바닷가에서 일 킬로미터 정도 멀어졌을 때, 나는 좌석 위로 올라가 머리부터 뛰어들었다. 갑작스레 출렁출렁 흔들리는 보트에 혼자 남은 루차노는 처음에는 공포에 사로잡혔다. 좌석을 움켜잡고 기겁하여 둘러봤다. 하지만 금세 평온해졌다. 오히려 내가 보트 주위로 헤엄치는 동안 물속에서 움직이는 동작을 주의깊게 바라보며 감탄하고 있는 것이 느껴졌다.

"너 모터보트 같았어." 내가 보트에 올라가자마자 말했다. "그런 수영법을 뭐라고 해?"

"크롤."

"뭐야 그게? 미국에서 온 거야?"

"하와이에서 왔어."

"정말이지!" 그는 열광적으로 외쳤다. "지난주에 수영시합을 보러 다르세나에 갔었어. 거기에도 너처럼 발로 그렇게 거품을 내며 수영하는 사람은 없던데. 크롤이란 건 배우기 어려워?"

"그다지."

나는 발, 머리, 팔을 어떻게 움직여야 하는지 설명했다.

---

* Jantzen. 미국의 수영복 및 스포츠 의류 회사의 상표명.

"너한테는 누가 가르쳐줬어?" 그가 물었다.

"아무도." 나는 대답했다.

그사이 나는 다시 노를 젓기 시작했다.

"그래?" 루차노는 내가 다시 먼바다로 향하는 것을 알아채고 울적하게 말했다. "안 돌아가?"

"이런 바다에서는 가장 멀리 간 어선들에까지 가볼 필요가 있어."

나는 턱짓으로 바닷가에서 본 고깃배 네 척 중 두 척을 가리켰는데 벌써 상당히 가까워져 있었다. 그물을 끌어올릴 때에 맞춰 가면 어쩌면 수프 만들 생선을 몇 마리 얻을 수 있을지도 몰라.

"하지만 그런 것들과 상관없이, 참 아름답지 않아?" 나는 덧붙였다.

정말로 아름다웠다. 어쨌든. 그렇게 고요하고, 그렇게 평온한 바다는 본 기억이 없었다. (물 위에 떠 있다기보다는 마치 나는 것 같았다. 허공을 천천히 미끄러지듯이.) 그리고 맞은편 바닷가는 어땠던가? 푸른 언덕들을 뒤로하고 아스라이 거의 알아볼 수 없었다.

루차노도 멀리 바닷가로 고개를 향하고 있었다. 가만히 생각에 잠긴 채 나를 잊은 것 같았다.

나는 그를 바라봤다. 그리고 문득, 거기, 이글거리는 잠잠한 대기 안에서, 기이하게 차가운 전율이 덮쳤다. 불안하고, 불현듯 주변으로 밀려나 있고, 무언가 소외된 느낌이 들었다. 그리고 바로 그 느낌 때문에, 질투에 사로잡히고, 비열해지고, 비천해졌다……

　내가 루차노에게 말했다면 어땠을까? 나는 햇볕에 어깨뼈 위가 발그스레해진, 외롭고 연약한 등을 응시하며 생각했다. 만약 조금 전 그의 권유를 받아들여 내가 결심하고, 돌발적으로 나와 그를 진실 앞에, 온전한 진실 앞에 마주하게 했다면? 먼바다의 바람은 한 시간 후에나 파도를 일게 할 것이다. 아직 시간은 있었다.

　그러나 바로 그 순간, 그 벗은 비참한 등 앞에서, 갑작스럽게도 아득해지며, 자신의 고독 속으로는 다다를 수 없어진 그 앞에서, 나는 그런 생각에 빠져 있었고, 그 순간에조차 이미 나에게 뭔가가 말을 건네고 있었다. 루차노 풀가는 진실과 대면하기로 했지만, 나는 그렇지 않다고. 나는 완강하게, 깨어나지 않은 채, 단절과 적대감이라는 타고난 운명에 사로잡힌 채 문 뒤에 또다시 숨어 있었으니, 활짝 열려고 생각했대도 헛일이었다. 나는 그렇게 할 수 없을 것이다, 아무것도. 지금도 못하고, 앞으로도 못할 것이다.

옮긴이의 말

『문 뒤에서』는 전형적인 성장소설로, 조르조 바사니의 섬세한 감수성이 돋보이는 작품이다. 이야기는 일인칭 화자가 이끌어간다. 두말할 필요 없이 일인칭 시점은, 성장기 주인공의 심리와 내면적 갈등을 표현하는 데 매우 유용하고 효과적인 서사 전략이다. 이름이 언급되지 않는 주인공 화자는 작가 자신의 모습이 투영된 것처럼 보이고, 실제로 자전적 요소들이 곳곳에서 드러난다.

성장소설에서 으레 그렇듯이, 이 작품에서도 청소년기의 반항 심리가 주요 모티프로 작용한다. 페라라의 부유한 유대인 가정에서 자란 주인공은 고등학교 일학년에 진학하면서 형성된 새로운 환경에 대해 불만이 많다. 특히 다른 학생들과의 관계가 문제다. 가령 모든 것에서 완벽한 모범생 카톨리카를 중심으로 하는 선두 그룹에 대해 질투와 반감이 뒤섞인 감정을 드러낸다. 결정적인 사건은 볼로냐에서 전학 온 루차노 풀가와의 만남이다. 아버지가 의사지만 경제적으로 어려운 풀가에게 거부감을 느끼면서 동시에 이끌리고, 그와의 우정을 통해 거칠고 혼란스러운 현실과 접하게 된다. 그리고 그로 인한 정서적 동요는 모든 것을 뒤흔든다.

사건의 반전은 주인공의 자기인식으로 나타난다. 다시 볼로냐로 돌아가게 된 풀가와 헤어지기 직전, 불현듯 자신은 진실과 직면하기를 거부하고 있다는 사실을 깨닫는 것이다. 그러니까 문 뒤에 숨어 있을 뿐, 문을 열고 현실 속에 뛰어들지 못하고 있는 자신에 대한 인식이다. 하지만 그것은 이미 예고된 것이었다. 사실 주인공의 반항은 주로 생각 속에서 이루어지고, 실제 행동으로 이어지는 경우는 드물다. 개학 첫날 외진 뒷자리를 선택해 앉고 나중에는 카톨리카의 옆자리에서 옮겨달라고 요구하는 것 외에, 별다른 반항 행위는 드러나지 않는다. 경쟁자 카톨리카나 다정한 어머니 앞에서는 대개 착한 모범생 모습으로 돌아간다.

문 뒤에 숨어 엿보는 데 그치고 마는 주인공의 태도는 결정적인 순간에 드러난다. 주인공과 풀가 사이를 갈라놓기 위해 카톨리카가 교활하게 마련한 함정과 결투의 무대가 그렇다. 카톨리카의 부추김에 이끌린 풀가가 저속한 농담과 모욕을 늘어놓는 동안, 주인공은 단지 문 뒤에서 엿보고 엿들을 뿐 문을 활짝 열어젖히고 진실과 마주하지 않고 도피하듯 자기 집으로 가버리는 것이다.

간단해 보이는 이야기이지만 되새겨볼 부분이 많은 작품이다. 정말로 풀가는 주인공을 헐뜯고 배신했는가? 아니면 카톨리카의 부추김에 의한 자기방어적 방편에서 나온 행동이었는가? 명시적으로 드러나지 않는다. 일인칭 주인공의 시점에서 서술함으로써 모든 것을 상대적으로 보일 수 있도록 했기 때문이다. 특히 마지막에 풀가가 보이는 진솔한 태도는, 주인공을 자기인식으로 이끄는 결정적 요인이 된다. 볼로냐로 떠나기 전에 작별인사를 하고 고마움을 전하기 위해 한밤중에 기차를 타고 바닷가 별장까지 나를 찾아온 것이다. 충분히 감동적으로 보일 수 있는 장면이다. 그러나 '나'는 망설인다.

주인공의 심리적 갈등과 혼란은 문체에서도 드러난다. 간접화법과 직접화법이 교묘하게 뒤섞인 문체는 혼란스러운 내면 상태와 어울리며, 때로는 장황해 보이지만, 압축적이고 상징적인 표현은 어중간한 주인공의 태도를 잘 반영해낸다. 물론 충격적인 사건이나 강렬한 반전이 없기 때문에 단조로운 문체처럼 보일 수도 있다.

전체적으로 보아 『문 뒤에서』는 전통적인 성장소설의 테두리에서 크게 벗어나지 않는다. 하지만 전통적인 만큼 많은 공감을 주는 작품이다. 대부분 청소년기에 비슷한 심리적 갈등을 겪었을 것이기 때문이다. 모처럼 이런 이야기를 통해 지나간 자신의 과거를 되돌아보고, 아울러 20세기 초반 페라라 사회와 젊은이들의 삶을 상상해보는 것도 읽기의 즐거움을 더해줄 것이다. 바사니 작품의 출간을 결정한 문학동네 가족들에게 다시 한번 고마움을 전한다.

조르조 바사니 연보

1916년~ 3월 4일 이탈리아 볼로냐에서 태어난다. 아버지 안젤로 엔리코 바사니와 어머니 도라 미네르비는 페라라의 부유한 유대인이다. 동생 파올로(1920년생), 제니(1924년생)와 함께 유년기부터 1943년까지 페라라의 치스테르나델폴로 거리에 있는 집안의 저택에서 산다. 세 살 때인 1919년 이탈리아에서 파시즘 운동이 시작되고 1921년 베니토 무솔리니가 집권한다. 초기에는 페라라의 많은 유대인이 파시스트당을 지지한다.

1926년~ 페라라의 왕립 루도비코아리오스토 중고등학교에 입학하여 중학교 5학년 과정과 고등학교 3학년 과정을 다닌다. 이 시기에 처음 시를 쓰기 시작하고, 피아노도 꾸준히 치면서 한때 음악가를 꿈꾸기도 한다.

1934년 볼로냐 대학 문학부에 입학해서 기차로 통학한다. 대학 시절 운동에도 심취해 스키, 축구, 테니스를 즐겼고, 특히 테니스는 평생 취미가 되어 그의 여러 작품에서 언급된다. 테니스클럽에서 훗날 작가이자 영화감독이 되는 미켈란젤로 안토니오니를 만나 교유한다.

1935년 미술사가 로베르토 롱기의 강의에 큰 감명을 받고, 대표적인 반파시즘 지식인 베네데토 크로체의 글에 심

취한다. 페라라의 일간지 『코리에레 파다노Corriere
Padano』 문화면에 첫 단편소설 「삼등석 Terza classe」
을 발표한다(『코리에레 파다노』는 무솔리니의 오른팔
로 파시스트 정권의 핵심이던 이탈로 발보가 1925년
창간했으나 당시엔 넬로 퀼리치가 이끌었고 안토니오
니가 영화비평을 맡을 만큼 문화면에 역점을 두던 시
절이다).

1936년   『코리에레 파다노』에 「구름과 바다Nuvole e mare」「거
지들I mendicanti」을 발표한다. 특히 「거지들」은 로베
르토 론기의 극찬을 받는데, 이는 바사니가 작가의 길
을 선택하는 데 큰 동기가 된다. 한동안 전직 초등학
교 교사로 사회주의자이자 반파시즘 활동가인 알다
코스타(단편 「클렐리아 트로티의 말년」의 실제 모델)
와 교유한다.

1937년   볼로냐에서 크로체의 제자인 미술비평가 카를로 루도
비코 라기안티를 알게 되고 반파시즘 비밀조직에 가
담한다.

1938년   반유대주의를 공식화하는 인종법이 공포된다. 이탈리
아에서 유대인의 삶은 인종법 시행 전과 후로 극명하
게 대비되며, 이는 바사니 소설 대부분에서 중요한 제
재로 등장한다. 『코리에레 파다노』에 글을 쓸 수 없게
되고 테니스클럽에도 더이상 나가지 않는다. 좀더 적
극적으로 반파시즘 활동에 나선다.

1939년   19세기 언어학자이자 작가로, 이탈리아 통일운동에도
참여했던 니콜로 톰마세오에 관한 논문으로 대학을
졸업한다.

1940년	첫 단편집 『평야의 도시 *Una città di pianura*』를 '자코모 마르키'라는 가명으로 출간한다. 1938년까지 쓴 작품들을 모은 책으로, 가명은 인종법에 따른 정치적 검열을 피하기 위해 외삼촌의 이름과 외할머니의 성을 붙여서 만든 것이다. 9월에 자주 드나들던 어느 개인 소유의 테니스장에서 스물두 살의 유대인 여성 발레리아 시니갈리아와 만나고 12월에 베네치아에서 결혼을 약속한다.
1941년~	이 시기 로베르토 론기의 세미나에 자주 참석하며, 대학 친구들과의 문학적 연대도 공고히 다진다. 정치적 활동도 계속되어 비밀 임무를 띠고 밀라노, 로마, 피렌체 등에서 주요 반파시즘 인사들을 접촉한다.
1943년	5월 반파시즘 활동으로 체포되어 페라라 시립 감옥에 갇힌다. 연합군이 이탈리아로 진격하는 상황에서 사위인 갈레아초 차노 외무장관 등 측근들마저 무솔리니에게 등을 돌리고, 결국 7월 24일 파시스트 대평의회에서 무솔리니가 실각된다. 이후 7월 26일 바사니도 감옥에서 풀려나고, 8월에 볼로냐에서 발레리아와 결혼한다. 신변의 위협을 느낀 두 사람은 페라라로 돌아가지 않고 피렌체로 가서 가짜 신분증을 만들어 체류한다. 무솔리니 실각 후 정권을 잡은 피에트로 바돌리오는 연합국에 가담하여 독일에 선전포고한다. 하지만 9월에 독일군이 남하해 감금 상태인 무솔리니를 구출하고 로마를 점령한다. 언제 밀고당할지 모르는 상황에서도 바사니는 행동당의 동료들과 반파시즘 활동을 계속하는 한편, 헤밍웨이의 『무기여 잘 있

거라』를 번역하고 많은 시를 쓴다. 이탈리아 본토에서 독일군과 연합군이 공방전을 벌이는 가운데 독일은 이탈리아 북부에 무솔리니를 수반으로 하는 괴뢰정부 살로공화국을 수립한다. 12월에 바사니 부부는 로마행 마지막 기차에 가까스로 올라타고 이후 사망할 때까지 로마에 거주한다.

1945년   첫아이인 딸 파올라가 태어난다. 첫 시집 『가난한 연인들의 이야기와 다른 시들Storie dei poveri amanti e altri versi』을 출간한다. 나치 독일이 패망함에 따라 무솔리니의 살로공화국 역시 종말을 맞이한다.

1947년   두번째 시집 『빛이 다하기 전에Te lucis ante』를 출간한다.

1948년   영국 출신 문인이자 저널리스트 마거리트 카에타니가 창간한 문예지 『보테게 오스쿠레Botteghe Oscure』의 편집장이 된다. '어두운 상점'이라는 의미의 잡지 제호는 잡지사가 위치한 로마의 델보테게오스쿠레 거리 이름에서 따온 것이다. 이 잡지를 통해 딜런 토머스, 르네 샤르, 앙리 미쇼, 모리스 블랑쇼, 조르주 바타유, 앙토냉 아르토 같은 외국 작가들과 마리오 솔다티, 카를로 카솔라, 이탈로 칼비노, 아틸리오 베르톨루치 같은 이탈리아 작가들을 널리 알리고, 파올로 파솔리니 같은 신진 작가들을 발굴하고 후원한다.

1949년   아들 엔리코가 태어난다.

1951년~   시집 『또다른 자유Un'altra libertà』(1951)를 출간하고, 단편소설 「마치니 거리의 추모 명판Una lapide in via Mazzini」(1952)과 「저녁 먹기 전의 산책La passeggiata prima di cena」(1951~1953)을 『보테게 오스쿠레』에 발표한다. 소설가이자 영화감독인 솔다티, 안토니오니의 영화 시나리오 작업에 참여하기 시작하며, 이후 소설 원작 영화의 각색 작업을 비롯해 영화인들과 활발하게 협력한다.

1953년   로베르토 론기, 안나 반티가 1950년에 창간한 문예비평지 『파라고네Paragone』의 편집진에 참여한다. 작가이자 에이나우디 출판사의 편집자이던 이탈로 칼비노가 「마치니 거리의 추모 명판」을 높이 평가한다. 나중에 칼비노는 바사니에 대해 "이탈리아 부르주아 의식의 혼란상을 파헤치는" 작가로 정의한 바 있다.

1955년   소설 「클렐리아 트로티의 말년Gli ultimi anni di Clelia Trotti」이 니스트리리스키 출판사에서 발간되고 스위스의 문학상 샤를베용 상을 수상한다. 「1943년 어느 날 밤Una notte del '43」을 『보테게 오스쿠레』에 발표한다. 이탈리아의 문화, 예술, 자연 유산을 보호하고 후원하기 위한 협회 '우리 이탈리아Italia Nostra'를 동료들과 함께 창립한다.

1956년   다섯 편의 단편소설을 엮은 『페라라의 다섯 이야기 Cinque storie ferraresi』가 에이나우디 출판사에서 출간된다. 이 작품으로 이탈리아에서 최고 권위를 지닌 문학상인 스트레가 상을 받는다. 잔자코모 펠트리넬리가 1954년에 세운 펠트리넬리 출판사의 편집위원 겸 편집장이 되어 문학 총서 '오늘의 작가' '현대의 고전'을 기획한다. 『보테게 오스쿠레』와 『파라고네』에서 함께했던 작가들 대부분을 끌어들였고 주세페 토마시 디 람페두사 등의 새로운 작가들을 다수 발굴하며 1963년까지 출간 기획을 주도한다.

1957년   실비오다미코 국립연극아카데미의 연극사 교수가 되어 1967년까지 강의한다. 펠트리넬리 출판사에서 러시아 작가 보리스 파스테르나크의 『닥터 지바고』를 펴내 대성공을 거둔다.

1958년   『금테 안경Gli occhiali d'oro』을 『파라고네』에 먼저 발표한 뒤 에이나우디에서 출간한다. 알베르토 모라비아와 칼비노가 이 작품을 극찬한다. 특히 칼비노는 프랑스 세유 출판사 편집자 프랑수아 발에게 보낸 편지에서 바사니를 "요사이 등장한 이탈리아 작가들 가운데 가장 수준 높은 두세 작가 중 하나"로 소개한다. 몬다도리, 에이나우디 같은 대형 출판사들에서 모두 거절당한 람페두사의 『표범』을 펠트리넬리에서 출간한다. 바사니가 서문을 쓴 이 작품은 20세기 이탈리아 문학사의 가장 놀라운 발견이라는 평가를 받는다.

1960년   단편 「1943년 어느 날 밤」이 플로레스타노 반치니 감독에 의해 영화로 만들어진다. 각색에는 엔니오 데 콘치니와 파솔리니가 참여하고 바사니 자신은 간단한 조언만 한다. 『페라라의 다섯 이야기』와 『금테 안경』을 한 권으로 엮어 『페라라 이야기Le storie ferraresi』라는 제목으로 출간한다.

1962년   장편소설 『핀치콘티니가의 정원Il giardino dei Finzi-Contini』이 에이나우디에서 출간된다. 이 작품으로 비아레조 문학상을 받으며 작가로서 큰 명성을 얻고 상업적으로도 성공을 거둔다. 프랑스 갈리마르 출판사에서 『금테 안경과 다른 페라라 이야기들Les lunettes d'or et autres histoires de Ferrare』이 출간되면서 그의 작품들이 세계 여러 나라에 소개되기 시작한다.

1964년 자전적 소설『문 뒤에서Dietro la porta』를 에이나우디에서 출간한다. 이탈리아 국영방송 라이Rai의 부사장으로 취임해 문화 프로그램을 담당한다.

1965년 '우리 이탈리아'의 대표를 맡는다.

1966년 자신의 에세이와 인터뷰 등을 모아서 엮은 『준비된 말과 그밖의 문학에 대한 글쓰기Le parole preparate e altri scritti di letteratura』를 에이나우디에서 출간한다.

1968년 『파라고네』에 발표한 마지막 소설『왜가리L'airone』를 몬다도리 출판사에서 출간한다. 이 작품으로 이듬해 캄피엘로 문학상을 받는다.

1970년 『핀치콘티니가의 정원』이 비토리오 데시카 감독에 의해 영화로 만들어진다. 각색 작업은 처음 1963년에 시작되었으나 난항을 겪다가 바사니가 직접 참여해 비토리오 보니첼리와 함께 완성하지만, 그후 작가의 동의 없이 수정된 채로 영화가 제작된다. 바사니는 자막에서 자신의 이름을 빼라고 요구한다. 이듬해에 데시카 감독은 이 영화로 제21회 베를린국제영화제 황금곰상과 제44회 아카데미 시상식 최우수외국어영화상을 수상한다. 같은 해 로베르토 론기가 세상을 떠난 뒤『파라고네』와의 협력관계도 끝난다.

1972년 단편들을 엮은 『건초 냄새L'odore del fieno』를 몬다도리에서 출간한다. 문화와 예술에 대한 공로를 인정받아 프랑스의 레지옹도뇌르 훈장을 받는다.

1973년	『페라라의 다섯 이야기』를 수정하고 보완하여 『성벽 안에서 _Dentro le mura_』라는 제목으로 출간한다.
1974년	페라라에 관한 모든 소설을 한 권의 책으로 엮은 『페라라 소설 _Il romanzo di Ferrara_』을 출간한다. 이 책을 몇 해 전 세상을 떠난 자신의 오랜 친구이자 몬다도리의 편집자 니콜로 갈로에게 헌정한다. 시집 『비문 _Epitaffio_』을 출간한다.
1978년	시집 『위대한 비밀 안에서 _In gran segreto_』를 출간한다.
1980년	『페라라 소설』의 최종판이 몬다도리에서 출간된다.
1982년	시 작품 전체를 한데 엮은 『운율 있는 시와 없는 시 _In rima e senza_』를 출간한다. 이 책으로 바구타 문학상을 수상한다. 이탈리아 정부에서 주는 황금펜 상을 수상한다.
1984년	1940년부터 1980년까지 신문과 잡지에 발표한 평론과 에세이를 모아 『마음 너머 _Di là dal cuore_』를 출간한다. 1966년에 출간한 『준비된 말』에서 내용을 좀더 보태고 다듬은 책이다.
1987년	『금테 안경』이 줄리아노 몬탈도 감독에 의해 영화로 만들어진다. 엔니오 모리코네의 아름다운 음악과 영화 〈시네마 천국〉 〈일 포스티노〉로 유명한 프랑스 국민배우 필리프 누아레의 애상적인 연기가 인상적인 영화다.
1990년	알츠하이머병 증세가 나타난다.
1992년	국립린체이아카데미아에서 수여하는 안토니오펠트리넬리 상을 받는다.
2000년	4월 13일 로마의 산카밀로 병원에서 사망. 페라라의 유대인 묘지에 묻힌다.

추천의 말

•

안젤로 조에
(주한 이탈리아문화원 원장)

•

　20세기 이탈리아를 대표하는 소설가 중 하나인 조르조 바사니의 탄생 100주년을 맞이해 그의 주요 작품 네 편이 한국에서 원전 번역으로 출간되는 것을 축하합니다.

　페라라의 유대인 집안에서 태어난 바사니는 유년기와 청년기를 페라라에서 보냈고, 그곳을 떠난 뒤에 페라라에 대한 작품을 썼습니다. 그에게 페라라는 이야기의 유일한 원천이라 할 수 있는 상상의 공간이자 기억의 장소입니다. 여러 작품에서 반복되는 무대인 이 도시는 작가 자신과 작품 속 등장인물들의 집단적 기억이 깃든 장소입니다. 이탈리아에서 유대인 차별을 공식화한 인종법이 발효된 1938년부터 1943년까지, (바사니 자신이 정의한 대로) '숙명적인' 이 오 년 동안의 페라라에서 벗어나지 않으려는 일종의 강박관념이 작가에게 있는 듯합니다. 그 기간에 집약적으로 겪어야 했던 고통이 작품을 창작하도록 이끌었던 것이지요.

바사니의 작품은 파시즘과 그에 따른 공포를 이해하지 못한, 유대인을 포함한 부르주아들의 근시안을 비판하는 듯합니다. 따라서 바사니는 파디가티의 동성애(『금테 안경』)를 비롯하여 핀치콘티니 가문이나 『왜가리』의 리멘타니에 이르기까지 소외를 주제로 삼은 정치적 작가처럼 보이기도 합니다.

하지만 거기에 그치지 않습니다. 회화로부터 영향받은 바사니는 서사적 장면 구성에서도 회화적으로 사유를 전개해나가는데, 이런 특징으로 인해 20세기 후반 이탈리아 문학계에서 독특한 위치를 차지하고 있습니다. 엘리오 비토리니, 카를로 카솔라 같은 리얼리스트도 아니고 알베르토 모라비아와도 멀리 떨어져 있습니다. 차라리 형식과 인물 묘사 능력에서 비할 바 없이 탁월한 19세기형 작가라고 말할 수 있을 것입니다. 그리고 마지막으로 자신의 주요 소설들을 하나로 엮은 『페라라 소설』 단 한 권으로 대표되는 작가라고 할 수 있지요. 하지만 페라라가 해석의 열쇠라고 생각하는 함정에 빠지지 않아야 합니다.

바사니는 자기 작업에 대한 이념적이거나 미학적인 일반화를 언제나 거부했습니다. 실제로 그는 비전형적인 작가로, 한 도시의 구체적인 시기를 배경으로 하는 여러 단편을 통해 하나의 총체적이고 위대한 이야기를 구축했지요. 그 도시는 연극의 무대처럼 바뀌지 않고 거의 그대로이며, 등장인물들도 언제나 똑같은 역할을 하지만 내면적으로는 바뀝니다. 외부적으로는 바뀌지 않지요. 역사가 바뀌어도 말입니다.

사건들은 아무리 비극적일지라도 언제나 잠정적인 상태에 있습니다. 그 사건들은 심연 속으로 들어가지만 이야기될 수 없고, 차별받고 체포되어 끌려가는 바사니의 등장인물들은 침묵합니다. 그래야만 다시 역사 속으로 들어갈 수 있고, 그 역사의 상처를 지우고 싶은 장소에서 다시 살 수 있기 때문이지요.

나중에 '성벽 안에서'라는 표제로 『페라라 소설』에 포함된 『페라라의 다섯 이야기』는 이차대전과 유대인 학살이라는 이해할 수 없는 공포 이후의 변하지 않은 현실로 안내하는 듯합니다. 그렇기 때문에 단편 「마치니 거리의 추모 명판」의 제오요즈는 사라져야 했습니다. 스코카 백작의 뺨을 후려치거나 사라진 유대인들의 사진을 보여주는 그 행동은 말할 수 없는 것을 드러냄으로써 정상으로 되돌아가려는 분위기에 훼살을 놓기 때문입니다.

「클렐리아 트로티의 말년」과 「리다 만토바니」, 그리고 『금테 안경』은 사회적 차별과 분리, 유배에 대해 이야기하고, 「저녁 먹기 전의 산책」과 「1943년 어느 날 밤」은 어떻게 타자의 세상이 자신의 세상을 이해하는 데 도움이 되고, 타자의 불의가 자신의 불의를 드러내는 데 도움이 되는지 보여줍니다.

『핀치콘티니가의 정원』은 바사니의 가장 매력적이고 논쟁적인 소설로, 마치 영화 같은 시간의 흐름과 공간 이동을 보여주는 독특한 문체를 지닌 작품입니다. 이야기는 (에트루리아인들의 공동묘지가 있는) 체르베테리로 가는 아우렐리아 도로에서 시작되어, 페라라의 어느 정원에서 전개됩니다. 이 정원은 밖에서 무슨 일이 일어나고 있는지는 파악할 수 있는 곳이지요. 무덤들에서 정원으로의 이동은 상징적입니다. 에트루리아인들의 죽음의 장소, 삶의 아름다움과 영원불멸의 이미지를 암시하는 물건들을 모아둔 이 장소는 핀치콘티니가 저택의 고독으로 연결되는데, 저택 사람들은 한 명만 제외하고 독일 강제수용소의 심연 속에서 모두 죽게 되지요. 이 작품의 주요 관념은 끔찍합니다. 자발적으로 세상과 단절한 자기유폐의 장소, 즉 차별성의 장소인 정원이 열리는 것은, 인종법이 (유대인) 추방을 정당화하면서 명백히 장엄한 비극을 야기할 때뿐입니다.

『문 뒤에서』는 페라라로 돌아오지만 핀치콘티니 저택의 담장 너머에 남아 있습니다. 그곳은 아득한 시간 속의 페라라이며, 현명하고 섬세하고 모호한 세계입니다. 학교에서 삶의 현장으로 이행하고, 기쁨과 고통의 순환, 그리고 모호성의 존재를 발견하는 이야기지요. 주인공 화자가 풀가에게서 받는 충격은, 가비노가 바사니의 마지막 소설(『왜가리』)에서 왜가리에게 가하는 총격과 똑같습니다. 삶의 종말에 대한 비극적이고 의미심장한 이 소설을 엘사 모란테가 좋아했지요.

바사니가 묘사하는 삶은 지평선 없는 삶이며, '무의식의 바닥 없는 심연'에서 또다른 무의식의 바닥 없는 심연으로 돌아가고, 자신을 해방시키는 자살을 통해 죽음의 절대적인 어둠으로 돌아가는 삶입니다. 그것은 자기 삶의 혼란스러운 파노라마 앞에 직면한 리멘타니에게 자유를 돌려줄 수 있는 유일한 행동이지요.

마지막 소설 『왜가리』와 『건초 냄새』도 마저 번역되어 바사니 소설의 총결산인 『페라라 소설』을 완결함으로써, 한국 독자들이 바사니 문학의 총체적인 모습을 접할 수 있기를 기대합니다.

조르조 바사니『페라라 소설』을 펴내며

●

김운찬

(대구가톨릭대학교 교수)

●

조르조 바사니(1916~2000)는 20세기 후반 이탈리아 문학계를 이끈 주역 중 한 명으로 자기만의 고유한 이야기 세계를 형성한 작가다. 이차대전이 끝난 뒤 전쟁의 폐허 속에서 이탈리아 문학과 예술은 네오리얼리즘을 주요 화두로 삼았다. 19세기의 건강한 리얼리즘을 되살림으로써 현실의 문제를 해결하고 침체된 당대 문화에 새로운 바람을 불러일으키려는 것이었다. 하지만 거기에는 다양한 경향과 흐름이 공존했고, 결과적으로 작가마다 서로 다른 목소리를 내며 지향하는 바가 조금씩 달랐다. 바사니 역시 네오리얼리즘의 주요 흐름에서 크게 벗어나지 않으면서도 애상적이고 서정성이 강한 작품을 통해 나름의 고유한 시선으로 현실을 형상화했다.

바사니가 남긴 소설 작품은 그리 많지 않다. 1940년부터 1970년대 초반까지 단행본으로 출판했거나 여러 문예지에 발표한 소설은 손으로 꼽을 수 있을 정도다. 그리고 그 작품 대부분을 『페라라 소설』이라는 한 권의 책으로 엮어 출간했는데, 여러 차례 수정과 보완 작업을 거친 최종판은 1980년에 출판되었다. 『페라라 소설』에 수록된 작품들을 순서대로 보면 단편집인 『성벽 안에서』(처음 출간 당시의 제목은 『페라라의 다섯 이야기』), 『금테 안경』 『핀치콘티니가의 정원』 『문 뒤에서』 『왜가리』 『건초 냄새』다. 각 작품은 독립적이면서도 다른 작품들과 서로 밀접하게 연결되어 있다(주요 작품들에서 화자로 등장하는 '나'는 작가 자신으로 보이며, 여러 작품에 등장하는 동일 인물도 많다).

바사니의 소설에서 핵심적인 키워드 두 가지는 '페라라'와 '유대인'이다. 페라라의 부유한 유대인 집안에서 태어난 그에게 파시즘 체제의 인종법과 유대인 박해는 개인적 삶과 문학에 지울 수 없는 흔적을 남겼다. 그런 쓰라린 역사적 경험은 당연히 그의 작품 여러 곳에서 중요한 모티프를 제공한다. 특히 성장소설 성격이 강한 작품에서는 고통스러운 시대적 상황이 감수성 예민한 등장인물의 정서와 어우러져 독특한 분위기를 자아낸다. 바사니는 섬세하고 예리한 시선으로 그 내면 세계를 서정성 깊은 문체로 형상화하고 있다.

『페라라 소설』은 그 제목에서 알 수 있듯이 이탈리아 북부의 도시 페라라를 무대로 한다. 페라라는 르네상스 시대에 데스테 가문을 중심으로 화려한 문화의 꽃을 피웠지만, 이제 부르주아들이 사회 지배계층으로 자리잡은 도시다. 그러다 파시즘 체제에서 엇갈린 선택의 갈림길과 운명에 직면해야 했던 이곳 사람들의 다양한 삶이 바사니 작품의 실질적인 주인공이다. 그리고 대부분의 이야기는 당연히 유대인 공동체와 깊숙이 관련되어 있다. 이렇게 실제 역사와 현실을 배경으로 하는 바사니의 소설은 독자를 생동감 넘치는 삶의 현장으로 안내한다.

그런 이유 때문인지 소설 여러 편이 영화로 제작되었다. 1960년 플로레스타노 반치니 감독이 『성벽 안에서』 중 단편 「1943년 어느 날 밤」을 영화로 제작했고, 1970년에는 〈자전거 도둑〉으로 유명한 비토리오 데시카 감독이 『핀치콘티니가의 정원』을, 1987년에는 줄리아노 몬탈도 감독이 『금테 안경』을 영화화했다.

바사니 탄생 100주년을 맞이하여 주한 이탈리아문화원의 협력으로 바사니의 작품들이 우리나라에 처음으로 선보이게 되었다. 때늦은 감이 있지만 이탈리아 현대사의 가장 민감한 시기를 예리한 관찰과 심미적 문체로 형상화한 바사니의 작품 세계를 들여다볼 수 있는 좋은 기회가 될 것이다.

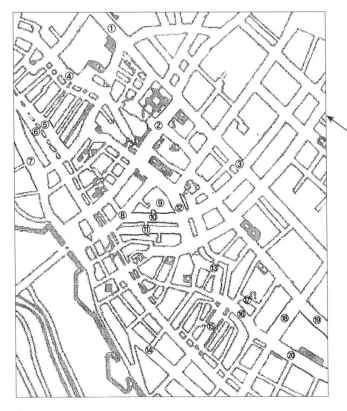

① 카보우르 대로
② 로마 대로
③ 조베카 대로
④ 가리발디 대로
⑤ 델레볼테 거리
⑥ 리파그란데 거리
⑦ 피안지파네 거리
⑧ 산로마노 거리
⑨ 구 게토
⑩ 비냐탈리아타 거리

⑪ 비토리아 거리
⑫ 마치니 거리
⑬ 사라체노 거리
⑭ 델라기아라 거리
⑮ 살린궤라 거리
⑯ 보르고디소토 거리
⑰ 캄포프란코 거리
⑱ 마다마 거리
⑲ 치스테르나델폴로 거리
⑳ 스칸디아나 거리

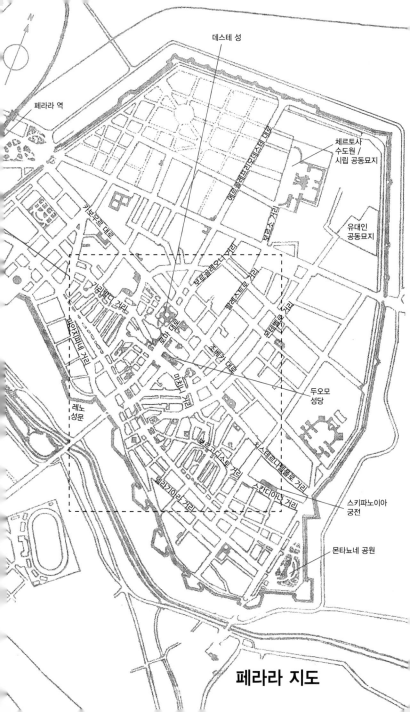

페라라 역

데스테 성

체르토사
수도원 /
시립 공동묘지

유대인
공동묘지

에르콜레 1세 데스테 대로

카부르 대로

비아지오 로세티 거리

가리발디 거리

스파다리 거리

보르고레오니 거리

팔레스트로 거리

포르타레노 거리

스페란차 거리

두오모
성당

레노
성문

마치니 거리

볼로니에시 거리

조베카 거리

일라리오네 거리

스칸디아나 거리

카스텔라니발로티 거리

스키파노이아
궁전

몬타뇨네 공원

페라라 지도

조르조 바사니 선집 4

문 뒤에서

초판 인쇄 2018년 4월 13일
초판 발행 2018년 4월 25일

지은이 조르조 바사니
옮긴이 김운찬
펴낸이 염현숙

책임편집 송지선
편집 권은경 허정은 김영옥 고원효
디자인 김이정 최미영
저작권 한문숙 김지영
마케팅 정민호 이숙재 정현민 김도윤 오혜림 안남영
홍보 김희숙 김상만 이천희
제작 강신은 김동욱 임현식
제작처 영신사

펴낸곳 (주)문학동네
출판등록 1993년 10월 22일 제406-2003-000045호
주소 10881 경기도 파주시 회동길 210
전자우편 editor@munhak.com
대표전화 031) 955-8888 | 팩스 031) 955-8855
문의전화 031) 955-3578(마케팅) 031) 955-2686(편집)
문학동네카페 http://cafe.naver.com/mhdn
문학동네트위터 @munhakdongne

ISBN 978-89-546-4113-5 04880
ISBN 978-89-546-4109-8 (세트)

www.munhak.com

조르조 바사니 선집

스트레가, 비아레조, 캄피엘로, 바구타 등 이탈리아의 명망 있는 문학상을 휩쓸었을 뿐만 아니라 프랑스의 레지옹도뇌르 훈장, 스위스의 샤를베용 문학상까지 거머쥔 작가. 제발트, 모라비아, 칼비노 등 문학의 대가들이 극찬한 작가. 안토니오니, 데시카, 파솔리니 등 영화 거장들이 사랑한 이탈리아 현대소설계의 대부. 페라라의, 페라라에 의한, 페라라를 위한 작가!

성벽 안에서—페라라의 다섯 이야기

김운찬 옮김 | 288면

★ 1956년 스트레가 상

이탈리아 북부 도시 페라라를 무대로 한 5편의 단편집. 파시즘 체제하에서 살아가는 페라라의 유대인 공동체와 그 주변 인물들의 부서진 일상과 파편화된 내면 풍경이 사진처럼 지나간다. 「리다 만토바니」 「저녁 먹기 전의 산책」 「마치니 거리의 추모 명판」 「클렐리아 트로티의 말년」(샤를베용 상), 「1943년 어느 날 밤」(플로레스타노 반치니 감독 영화화) 수록.

금테 안경

김희정 옮김 | 168면

★ 1987년 줄리아노 몬탈도 감독 영화화

1958년작. 모라비아, 모란테, 제발트가 '가장 아름다운 소설'로 손꼽은 바사니 문체 미학의 백미. 파시즘에 동조하며 호의호식하던 부르주아사회가 명망 있는 의사 파디가티의 동성애자 성정체성과 반유대주의적 인종법 앞에서 민낯을 드러내며 자기분열을 시작한다. 소외된 자들의 깊은 고독과 침묵이 서정적이고 애상적으로 그려진다.